秘蜜の面談室

牧村 僚

幻冬舎アウトロー文庫

秘蜜の面談室

目次

プロローグ

「ああっ、姉さん」

自分の叫び声で、吉岡大輔《よしおかだいすけ》は目を覚ました。

枕元の目覚まし時計の針は、午前二時を指していた。苦笑しながら起きあがり、キッチンに入った。冷蔵庫からミネラルウォーターのペットボトルを取り出し、口をつけてひと飲みする。

また姉さんの夢か。もう二十六なのに、なかなか卒業できないな。

少し呆《あき》れながら、いま見た夢を思い出した。

姉の里香《りか》が、超ミニスカート姿でほほえんでいた。むっちりした白いふとももがあまりにも煽情《せんじよう》的で、思わず大輔は抱きついていった。足もとにひざまずき、ふとももに両手をあてがおうとしたところで目が覚めた。

どうせ夢なんだから、せめてさわってみたかったな、姉さんのふとももに。

大輔の胸に、そんな思いが湧《わ》いてきた。

姉の里香は三つ年上の二十九歳。四年前に結婚し、翌年には子供が生まれた。家族三人、いまは横浜で暮らしている。

どうにもなるものではないとわかっていながら、大輔はずっと姉を一人の女性として意識してきた。

ほかに好きな女性がいないわけではない。日に日に好きになっていく実感はあるし、いずれは彼女と結婚を、とまで考えてはいるのだが、なかなか心の中から姉の存在が消えてくれないのだ。

里香と大輔は、もともと仲のよい姉弟だった。ところが、大輔が小学校六年、十二歳のとき、ある事件が起きた。

二人で長野にある母の実家に遊びに行った冬休みのことだった。ほんとうに偶然に、寝ころんで足を突っ込んでいたコタツの中で、大輔は足先を姉のふとももの間に挟まれたのだ。

あの瞬間の感激は、いまでも忘れることができない。当時、姉はまだ中学三年だったが、ふとももの弾力は大輔を夢見心地にした。うっとりとした気分で、姉のふとももの感触を味わっていた記憶がある。

姉のほうにも性的な意識はまったくなかったようで、そのまま数分間、ずっと大輔の足をふともも間に挟んでいてくれた。何か会話を交わしたような気もするが、内容は覚えていない。

世の中に、こんなに気持ちのいいものがあるなんて。

大輔にとって、大きな衝撃だった。

あれ以来、大輔は姉のふとももにすっかり魅《み》せられてしまった。手を触れたりすることはできなかったが、スカートの裾から露出する姉の脚を、ずっと見続けてきたのだ。

中学にあがってすぐのころ、里香の夢を見ながら初めての夢精を経験した。これによって本格的に性に目覚めたのだ。迷うことなく、大輔は姉をオナニーの対象にした。

セックスがしたいとか、決して具体的な願望があったわけではない。ただひたすら姉のふとももを想像し、足先に感じた心地よさを思い出しながら、硬くなったペニスをしごきたてたのだ。

文佳《ふみか》さんがいなかったら、どうなってたんだろうな。

大輔の脳裏にもう一人、別の女性が浮かんできた。

西田《にしだ》文佳。姉の女子大時代からの友人だ。私立高校で数学を教えている大輔にとって、いまは先輩教師でもある。

忘れもしない、いまから九年前、大輔が高校二年のときのことだった。姉への憧憬はまったく変わらず、ほぼ毎日、大輔は姉を思ってオナニーを繰り返していた。

その日、学校から帰ってくると、文佳が遊びに来ていた。

着替えを済ませた大輔は、浴室の手前の脱衣場に向かった。姉が帰宅するとシャワーを浴び、下着を替えることを知っていたからだ。

洗濯機の蓋を開けると、目的のものがすぐ目に飛び込んできた。姉が脱いだばかりのパンティーだ。

大学生になってから、姉のはいているパンティーの質が明らかに変わった。簡単に言ってしまえば、派手になったのだ。レースがたっぷり施されたものや、極薄の生地でできたものなどもある。

大輔は迷うことなく手を伸ばし、それをつまみあげた。両手で端を持ち、目の前で薄布を広げてみる。

色は淡いピンクだった。すべすべの肌ざわりが、姉のふとももを連想させる。

「ああ、姉さん」

無意識のうちに声をあげながら、パンティーを顔に押し当てた。鼻から思いきり息を吸い込んでみる。

かすかな甘い香りが、鼻腔の粘膜を刺激してきた。間違いなく姉の匂いだった。この段階で、すでにペニスは完璧なまでに勃起していた。日によっては、ここで立ったまま肉棒をこすることもある。

この日の大輔は脱衣場を出て階段をのぼり、自分の部屋に入った。もどかしく思いながらベルトをゆるめ、ズボンとトランクスを脱ぎ捨てた。下半身裸でベッドに倒れ込み、左手に持った姉のパンティーを、あらためて顔にあてがう。

匂いを嗅《か》ぎながら、右手でペニスを握った。これ以上は無理というくらいに硬くなった肉棒を、ごしごしとしごいてやる。

「出ちゃうよ、姉さん。俺、もう」

射精感を覚え、大輔が声をあげたとき、いきなり部屋のドアが開いた。

「ふ、文佳さん」

うっすらと笑みを浮かべて、文佳が立っていた。

さすがに手の動きは止めたものの、大輔はそれ以上、どうすることもできなかった。左手で顔に姉のパンティーを押しつけ、右手ではペニスを握ったまま、呆然《ぼうぜん》となって文佳を見つめるしかない。

「大ちゃん、そうだったんだ」

「なんのこと？」

「里香が欲しいんでしょう？」

「そ、それは」

「大ちゃんももう高校生だもんね。セックスに興味が湧くのはわかるけどさ、やっぱりまずいんじゃないのかな。里香はあなたのお姉さんなんだから」

そんなことは言われなくてもわかっていた。憧憬は強いものの、姉を思ってオナニーをしたあとには、いつも必ず罪悪感にさいなまれていたのだ。

文佳は扉を閉め、さらに大輔のほうに近づいてきた。大輔の左手からパンティーを取りあげ、それを目の前で広げる。

「そりゃあ刺激されちゃうよね。里香みたいなきれいなお姉さんがいて、こんな下着が手の届くところにあったんじゃ」

急激に恥ずかしさがこみあげてきて、大輔はベッドに上体を起こした。萎《な》えてしまったペニスを、両手で覆い隠す。

文佳はベッドに浅く腰をおろした。大輔と三十センチとは離れていない。

「ねえ、私じゃ駄目かな」

一瞬、意味がわからなかった。きょとんとしていると、文佳はさらに続ける。

「実のお姉さんと、セックスをするわけにはいかないでしょう？　だから、私じゃどうかって言ってるのよ」

「文佳さん、それじゃ、俺と？」

答える代わりに、文佳は抱きついてきた。唖然《あぜん》としている大輔の唇に、文佳の唇が重ねられる。

ああ、これがキスか。

大輔にとってのファーストキスだった。文佳の唇の柔らかさに、陶然となった。興奮もいちだんと高まり、股間に血液が集まりだした。いったんしぼんだはずのペニスが、また隆々とそそり立ってくる。

唇を離すと、文佳は大輔の体をベッドに押し倒した。下腹部にぴたっと貼りついたペニスを、右手でしっかりと握る。

「ふ、文佳さん」

「ああ、硬いわ、大ちゃん。とってもすてきよ」

次の瞬間、大輔にとっては信じられないことが起こった。肉厚の朱唇を開き、文佳が肉棒をすっぽりと口に含んだのだ。

「そ、そんな、文佳さん。俺、俺、ああっ」

文佳は肉棒を頬張っただけで、それ以上のことは何もしなかった。とはいえ、童貞の大輔にしてみれば、強烈すぎる刺激だった。気がつくとペニスは脈動を開始していた。熱い欲望のエキスが、文佳の口腔に向かってほとばしっていく。

大輔が驚いたのは、文佳がまったく動じなかったことだ。十回近いペニスの震えがおさまると、間もなく文佳は口を離した。ごくりと音をたてて、口腔内に残った精液を喉の奥へと飲みくだす。

「文佳さん、飲んでくれたの？」

「ふふっ、そうよ。とってもおいしかったわ」

「ああ、文佳さん」

それまでも文佳のことを、女として意識していなかったわけではない。文佳の肉体を想像して、ペニスを握ったことも何度かあった。だが、姉の存在が大きすぎたために、なかなか身近な女性として感じられなかったのだ。

文佳は立ちあがり、服を脱ぎ始めた。あっという間に下着姿になり、ブラジャーもはずしてしまう。

豊かな乳房が目の前で揺れるのを見ると、射精したばかりにもかかわらず、大輔はまた欲情してきた。萎える間もなく、ペニスはふたたび完全勃起する。

「思ったとおりだわ。すぐにでもできそうね」

「えっ？　う、うん」

「かまわないのよ。私、最初からそのつもりだったんだから」

くびれたウエストに手をやり、文佳はするするとパンティーを引きおろした。すっかり裸になって、ベッドにあがってくる。

「どうする？　上になる？　それとも、私が上？」

少し迷ったが、大輔は自分が上になることにした。あお向けに横たわった文佳の上に、覆いかぶさっていく。

大きく脚を広げた文佳は、右手を下腹部におろしてきた。屹立したペニスをしっかりと握り、その手をゆるゆると動かしている。

やがて文佳の手がぴたりと止まった。潤みを帯びた目で、文佳がじっと見あげてくる。

「いいわよ、大ちゃん。来て」

一度、唾《つば》を飲み込んでから、大輔はぐいっと腰を突き出した。文佳の誘導がよかったらしく、張りつめた亀頭が淫裂を割った。そのまま根元まで、ペニスはずぶずぶと文佳の肉洞にもぐり込んでいく。

「うわっ、ああ、文佳さん」

「ああ、入ったのね。大ちゃんのが、私の中に」

ぬめぬめとした肉洞の挿入感は、自分の手で握るのとはまったく違っていた。あまりに気持ちがよすぎて、このままじっとしていても、すぐに暴発してしまいそうだ。

それを悟ったのか、文佳がくすっと笑った。

「いいのよ、大ちゃん。動いて。私の中に、白いのを出して」

文佳はそう言って、両脚をベッドからはねあげた。ふとももの最も太い部分で、大輔の腰のあたりを挟みつけてくる。

文佳が姉に負けないほど、むっちりしたふとももの持ち主であることがよくわかった。左手をベッドについて上体を支えると、大輔は躊躇《ちゅうちょ》することなく、右手を文佳の体側に沿ってすべりおろした。外側からふとももに触れる。

「ああ、気持ちいい。文佳さんのふともも、こんなに」

「もっとよ、大ちゃん。もっといっぱいさわって。ほら、もっと」

大輔をけしかけながら、文佳は腰を突きあげてきた。

肉洞の中に刻まれた襞《ひだ》にペニスをこすられたような気がして、大輔は一気にたまらなくなった。これ以上、我慢はできそうもなかった。ゆっくりと腰を振り始める。

「あっ、す、すごい。文佳さん、俺」

「いいわよ、大ちゃん。出して。私の中に、白いのをいっぱい出して」

「ああっ、文佳さん」

挿入から一分とももたずに、大輔は射精した。二度目とは思えないほど大量の白濁液が、文佳の肉洞に向かってほとばしっていく。

ペニスの脈動が終わったところで、大輔は文佳に体を預けた。当然のように唇を求めたが、なぜか今度は拒否された。

「わかって、大ちゃん。私たち、恋人ってわけじゃないんだもの。ねっ？」

言われてみればそのとおりだったが、セックスをした仲であることも事実なのだ。納得できない思いを味わったのを、大輔はよく覚えている。

あれ以来、大輔はそれまで以上に文佳を意識するようになった。

だが、文佳は相手にしてくれなかった。初体験をさせてくれただけで、文佳が大輔に体を開くことは、二度となかったのだ。

俺、けっこう本気になってるんだけどな。

いまは職場の先輩になっている文佳の顔を、大輔は思い浮かべた。九年前よりも、文佳は確実に美しくなっていた。セクシー度も増している。

就職してからも何度か、大輔は文佳に迫ったことがある。

しかし、結果は芳しいものではなかった。一緒に食事をすることぐらいはあるのだが、それがすべてだった。

文佳さんにはわかってるんだろうな。俺がまだ姉さんを吹っ切れてないってことが。

深いため息をつき、もうひと口ミネラルウォーターを飲んでから、大輔はゆっくりとベッドに戻った。

第一章　面談室の情事

1

「二年生のこの時期での面談は、そのまま受験につながります。短い時間ですが、とにかく大事にしていただきたいのです」

私立Q高校の会議室。昼休みを利用しての、進路に関する職員連絡会の真っ最中だった。

立ちあがって発言しているのは西田文佳、二十九歳の英語教師だ。担任は持っていないものの、二年生の学年副主任をしている。進路指導の担当者の一人でもある。

いまの時期、二年生の担任は保護者面談を行っている。希望者のみということになっているが、ほとんどの生徒の親から申し込みがあった。校舎四階にある四つの面談室は、放課後、まったく空くことがない。

「保護者面談のあとは、来週から生徒の個人面談が始まります。親の意向と子供の考えの違いがはっきりしてくると思いますので、担任はそのあたり、充分に注意してください」

言い終えて腰をおろした文佳を、向かい側の席から大輔はうっとりと眺めた。

文佳さん、きれいになったよな。あのころより、絶対にいまのほうがすてきだ。

九年前、大輔は文佳の体で男にしてもらった。以来、ずっと文佳に対して好意を抱き続けているのだが、はっきり言えばまったく相手にされていない。

『あなたのことは嫌いじゃないけど、そういう対象にはできないの。悪く思わないで』

初体験からひと月後、文佳に迫ったときに言われたせりふだ。セックスまでさせてくれたのだから、大輔は当然、付き合ってくれるものと思っていた。すでに恋人同士になったくらいのつもりでいたのだ。

とはいえ、拒絶されてしまえば、それ以上、しつこくするわけにはいかなかった。文佳が自分を受け入れてくれない理由が、大輔にはよくわかっていたからだ。

結局、俺のせいなんだよな。なかなか姉さんを卒業できないから。

この九年間、文佳に対してはずっとあこがれに近い思いを抱いてきた。三年半前、文佳の口利きでこの学校に就職してから、彼女への気持ちはさらに熱いものになった。

決して欲望だけではない。間近で文佳を眺めていると、最近はいとおしさのようなものも感じるようになっている。

一年ほど前、大輔はあらためて文佳に思いを告げてみた。

『文佳さん、付き合ってる人、いないんでしょう？　だったら、俺のこと、真剣に考えてみてくれないかな。そりゃあ、頼りにならないのはわかるけど』

それに対する文佳の答えは、ほぼ大輔が予想したとおりのものだった。

『頼りにならないとか、そういうことじゃないのよ。なんていうか、大ちゃんをそんなふうに見ることができないの。あなたもちゃんと考えてみてちょうだい。ほんとうに私でいいのかどうか』

あなたはまだ里香のことが忘れられてないじゃないの。

はっきりと言われたわけではないが、そんな言葉が同時に聞こえたような気がした。

姉の里香は四年前に結婚し、翌年には女の子を産んでいる。会社員の夫と、だれが見ても幸せな家庭生活を送っているのだ。

大輔だって、もちろん姉の邪魔をする気などない。姉の幸せを、心から喜んでいると言ってもいい。

だが、いまでもときどき昨夜のような夢を見ることがある。性に目覚めたきっかけを作った女性だけに、姉を完全に忘れることはできそうもないのだ。

でも、俺は姉さんをどうにかしようなんて思ってない。文佳さんが付き合ってくれれば、いつかは完全に姉さんを忘れることができるはずなんだけどな。

深いため息をつき、少し恨みがましい目で、大輔は文佳を眺めた。

コの字型に配置されたワーキングテーブルは、下が完全に開いていた。文佳の下半身が、大輔にはすっかり見えている。というより、もともとこの眺望を期待して、大輔はこの席に座ったのだ。

テーブルの上の資料に目を落としながら、文佳はすっと脚を組んだ。短いスカートをはいているわけではないのだが、自然に裾がずりあがった。淡いベージュのストッキングに包まれたふともちが、悩ましく露出してくる。

ああ、文佳さん。

股間がいっぺんに熱を持ってくるのを感じながら、大輔は胸底で言葉をもらした。

「吉岡先生、何かご意見は？」

議長を務めている教頭の声に、大輔はぎくりとした。反射的に立ちあがる。

「いえ、べつに」

「面談も四日目です。何か気づいたこととか、あるんじゃないですか」

この教頭が、大輔は大の苦手だった。年下の大輔に対しても、いつも敬語を使うのが、とにかく気持ち悪いのだ。それでいて、どこかばかにしたような態度を取る。ここで何か言わなければ、皮肉の一つも飛んでくるに違いない。

少し考えてから、大輔は口を開いた。

「二年生ですが、ほとんどの親御さんから、すでに具体的な志望校があがってきています。これはいい傾向ではないかと」

「なるほど。確かにいいですね。目標が早く決まれば、対策も立てやすくなる。で、どうですか。あなたのクラスからは、東大や早慶はどのくらい出せそうですか」

「いやあ、さすがにそこまではまだ。ただ、学年トップの井口《いぐち》は、間違いなく現役で東大へ行くと思います。先日の模試でも、全国で百番以内に入っておりましたし」

「でしょうね。井口が合格できないようでは大問題です。頼みますよ、吉岡先生」

「は、はい」

頼まれても困るのだが、大輔はうなずくしかなかった。

腰をおろした大輔に向かって、文佳がくすっと笑った。いつも眺めている笑顔だが、こぼれた白い歯と肉厚の唇が印象的だった。こんな状況でも、九年前、あの唇に硬直したペニスを包まれたときのことを、つい思い出してしまう。

教頭は二年生のほかの担任教師も指名し、何か喋《しゃべ》らせていたが、大輔はほとんど何も聞いていなかった。文佳の顔と下半身に、交互に視線を送る。

予定どおり二十分ほどで、連絡会は終わった。大輔が席を立つと、文佳がつかつかと歩み寄ってきた。

「吉岡先生、ちょっといいかしら」

「はい、もちろん」

二人きりのときは、前と同じように「大ちゃん」と呼んでくれる文佳だが、同僚の教師たちがいる中では、こういう呼び方をする。それは大輔のほうも同じだった。きちんと西田先生と呼んでいる。

ほかの教師はみんな出ていき、会議室には二人だけが残った。今度は並んで腰をおろす。

「大ちゃん、きょうは藤村《ふじむら》くんのお母さんと面談があるんでしょう？」

だれもいなくなったせいで、いきなり親しげな口調になった。

藤村祐一《ゆういち》は、大輔のクラスの生徒だ。

「うん。きょうの最後かな」

「彼の成績、数学はどうなの？」

「このところ、あんまりよくないね。模試でも平均くらいしか取れてなかったし」

大輔のほうも敬語は使わず、普通に話した。できれば文佳とは、いつでもこんなふうに接したいのだが、教師同士となるとそうもいかない。

「藤村くん、英語はけっこう悲惨なのよ」

「そんなに悪かったっけ？」

「模試の偏差値は五十を切ったわ。英語に限っていえば、一年のときは上位にいたのに」

「そうか。心配だね」

「他人事《ひとごと》みたいに言わないでよ。あなたのクラスの生徒なんだから」

文佳は口をとがらせた。

こんな顔をすると、大輔には文佳がなんとなくかわいく見えた。三つという年齢差が、まったく気にならなくなる。

「何か原因があるはずなのよね。これだけ成績がさがるのには」

「原因って言われてもなあ。あいつ、部活も生徒会もやってないし」

「とにかくお母さんに尋ねてみてよ。家で何かあったのかもしれないから」

「何かって？」

「わからないわよ。だから聞いてほしいんじゃないの」

文佳の熱心さに、大輔は少し感心した。担任でもないのに、一人の生徒の成績がさがったことにまで目を配っているのだ。なかなかできることではない。

「わかったよ、文佳さん。ちゃんと話はしてみる」

「お願いね」

やっと文佳に笑顔が戻った。こうなると、また大輔は肉厚の唇が気になってくる。

俺はやっぱりこの人が好きだ。姉さんのことが心に引っかかってるのは事実だけど、いまさらどうなるものでもないし。

もう一度、文佳に迫ってみようか、と大輔が考えたとき、また文佳の表情が変わった。部屋にはほかにだれもいないのだが、少し周囲を気にするようにしながら話しかけてくる。

「あと、平岡《ひらおか》さんのこと、聞いた？」

「平岡って、うちのクラスの？」

文佳はうなずいた。平岡雪枝《ゆきえ》は大輔が担任をしている生徒の一人で、高校生とは思えない、大人びた雰囲気を持った女の子だ。

「俺は何も聞いてないよ。平岡が何かしたの？」

「生活指導のほうから名前が挙がってきたのよ。盛り場でよく見かけるって」

盛り場という古い言い方がおかしくて、大輔は思わず笑ってしまった。

文佳は少し憤然となる。

「笑ってる場合じゃないでしょう？」

「ごめん、ごめん。文佳さん、盛り場なんて言うから」

「どうせ私は古い教師よ。繁華街とでも言えばいいの？」

とがらせた文佳の唇に、また大輔はセックスアピールを感じてしまった。そこに自分の唇を押しつけたくなったが、なんとかこらえた。おかしなことをして嫌われたのでは、元も子もない。

「何かしたってわけじゃないんでしょう？」

「男性とカラオケボックスから出てきたらしいのよ。三回も」

「カラオケぐらい、だれでも行くんじゃないのかな」

「大ちゃん、わかってないわね。カラオケボックスって、このごろは歌うために使ってる人のほうが少ないくらいなんですってよ」

大輔はきょとんとした。最近は行っていないが、大輔だってカラオケボックスぐらい利用したことはある。当然、歌を歌うために行ったのだ。

文佳がくすっと笑った。

「ほんとにわからないの？」

「だって、カラオケはカラオケだろう？」

「ラブホテル代わりなのよ」

　大輔は絶句した。黙るのと同時に、文佳の言わんとしていることが理解できた。つまり、カラオケボックスを利用して、セックスをするような人間がいるということらしい。

「平岡もそうだって言うの？」

「わからないわ。でも、生活指導のほうではそう考えてるみたい」

「おかしいよ、それ。疑いがあるのなら、その場でつかまえて聞いてみるべきなんじゃないのかな」

　文佳は肩をすくめ、ふっと息を吐いた。

「あなただって知ってるでしょう。彼女のお父さんのこと」

「えっ？　ああ、そういえば」

　平岡雪枝の父親は不動産会社をやっている。それだけならなんの問題もないのだが、彼はこの学校の理事の一人でもあるのだ。学校に対して、多額の寄付もしているらしい。

「田辺《たなべ》先生も困ってるみたい。どう指導したらいいのか」

　国語教師の田辺は四十代半ばの男で、生活指導の責任者だ。

　大輔は突然、文佳の意図していることに気づいた。

「文佳さん、もしかして、俺に注意しろって言いたいの？」

「注意しろとまでは言わないわ。ただ、事実を確かめることぐらいはできるんじゃないかしら。生活指導からこんな話があがってきてるけど、どうなんだって」

「つまり、気をつけろって言えばいいんだね。あんまり目立ったことはするなって」

「うん、まあね。ちょっとずるいけど、それが一番だれも傷つかない方法だから」

文佳の苦しい胸の内は、大輔にもよくわかった。彼女はもともと正義感の強い女性なのだ。ほんとうなら、雪枝を処分してしまいたいくらいなのかもしれない。

「わかったよ、文佳さん。個人面談のときに、うまく話を持っていってみる」

「ありがとう、大ちゃん。ごめんね、こんなこと頼んじゃって」

にっこり笑って、なぜか文佳が大輔の手を握ってきた。

あまりにも唐突だったので、大輔は一瞬、何が起こったのかわからなかった。それでも、体はすぐに反応した。文佳の手の柔らかさを感じたとたん、股間に血液がどっと流れ込んだのだ。ズボンの前が、いっぺんに窮屈になってしまう。

「文佳さん、俺」

「さあ、そろそろ行きましょうか。午後の授業もあるんでしょう？」

さっと手を放し、文佳は立ちあがった。

「先に出るわね」

文佳はそう言って、歩き出した。

ボリュームたっぷりのお尻が左右に悩ましく揺れるのを、大輔はうっとりと眺めているしかなかった。

2

「お待たせしてしまって申しわけありません。さあ、どうぞ」

藤村憲子《のりこ》が、おずおずと面談室に入ってきた。控室として用意した教室で待っていた憲子に大輔が携帯電話で連絡し、あがってきてもらったのだ。もし携帯がなければ、だれか連絡要員を置かなければいけないところだ。便利になったということだろう。

憲子を見たとたん、大輔は不思議な緊張を覚えた。初めて会った憲子の全身から、色香が発散していたからだ。

祐一の身上書を見ていたから、年齢はわかっていた。憲子は三十九歳だ。二十二歳のときに、祐一を産んだことになる。

若いな。三十二、三っていっても通用しそうだ。

緊張がいっぺんに興奮に変わっていくのを、大輔はどうすることもできなかった。

面談室は、三畳ほどの個室だ。校庭に面した窓はあるものの、扉を閉めてしまうと、ほとんど外の音は聞こえなくなる。言うなれば密室だ。

基本的に進路相談にしか使わないため、父兄や生徒がゆったりした気分になれるように、椅子はソファータイプのものが向かい合って置かれている。間にあるテーブルも低いため、お互いの全身が視界に入ることになる。

憲子は黒いスーツ姿だった。脱いだ上着とバッグを脇の棚に置き、丁寧にお辞儀をしてから、大輔の正面に腰をおろした。

黒いブラウスを誇らしげに突きあげる胸が、大輔のほうに迫ってくるように思えた。スカートは膝上《ひざうえ》十センチ程度の裾丈で、薄手の黒いストッキングに包まれたふともが、わずかに露出している。

ああ、いい脚だ。たまらない。

文佳の体で男にしてもらってから、大輔は恋というものをまったくしていない。相手にはしてもらえないものの、姉以外では文佳だけを思い続けているわけだ。それ以前は姉に夢中だったことを考えると、恋自体、いっさいしていないことになる。

だが、健康な男の欲望を鎮めてくれる女性はもちろん必要だった。何人もの年上の女性たちの顔が、大輔の脳裏に浮かんでくる。

高校三年のとき、大輔の相手をしてくれたのは担任の音楽教師だった。三十七歳の人妻で、関係は半年近く続いた。

大学に入ると、大輔は家庭教師のアルバイトをした。もともと年上好きの大輔だったが、年上の女性たちからも好かれることが多かった。教え子の母のうちの何人かとは、体の関係を結んでいる。

教師になってからも、まわりには魅惑的な人妻がたくさんいた。生徒の母親たちだ。べつに大輔が誘いをかけたわけではない。それでも、年に何度かはチャンスが訪れ、わりあい簡単に関係ができてしまう。

『あなたは母性本能刺激型なのよ。女が放っておけなくなっちゃうタイプね』

三年前、初めて抱いた生徒の母親から言われたことだ。

だったら、どうして文佳さんが俺を放っておくんだ？　もっといえば、姉さんだって同じだ。俺のことなんか、相手にもしてくれないじゃないか。

胸底で不満をもらしてみたが、どうなるものでもなかった。いまは目の前にいる憲子に、ひそやかな視線を注ぐしかない。

テーブルの上に、大輔は祐一に関する資料を広げた。一年生のときからの成績が、ひと目でわかるようになっている。つい最近の模擬テストの結果は、確かに悲惨だった。

祐一は一流大学志望というわけではない。世間的に名前は知られているという程度の、中堅の大学を目指している。それでも、今回の模試の結果では合格はおぼつかない。可能性で示せば、二十パーセントといったところだろう。

「率直に申しあげます。前回の模試のような状態では、ご希望の大学には無理ではないかと思っています」

表情を歪《ゆが》めながらも、憲子は小さくうなずいた。

「私が教えている数学に関しては、それほどでもないんですが、英語の落ち込みがひどいですね。先ほど担当教師からも話がありました。心配していると」

「申しわけありません。なんて申しあげたらいいのか」

憲子はだいぶ恐縮しているようだった。

不謹慎だと思いながらも、そんな憲子の顔にも、大輔はそそられるものを感じた。文佳ほどではないが、唇は肉厚だった。そこに引かれた真っ赤なルージュが、大輔に誘いをかけているように見える。

「学校では特に変化は見えません。部活や生徒会をやっているわけでもないし、勉強のペースが落ちる理由がないのです。お母さんからご覧になって、何か変わったところはありませんでしょうか」

「変わったところですか。はあ、それが」

憲子は口ごもった。何か喋ろうとしているのだということは、大輔にもすぐにわかった。ところが、うつむいたきり、憲子はなかなか顔をあげようとしない。

大輔は急《せ》かさなかった。こういう場合、急かすのが逆効果であることを、経験的に知っているからだ。どうしても話したいと思うように、仕向けてやらなければならない。

「いやあ、俺にも彼の気持ちはよくわかりますよ。一番大変な時期ですからね、いまは」

あえてくだけた口調で、大輔は言ってみた。通常、父兄に対して俺などという単語は使わない。

「大変って、どういうことでしょうか、先生」

「悩みが多いって意味ですよ。なにしろ青春のまっただ中ですからね。恋もするだろうし、かといって、それに夢中になってるわけにもいかない。受験もありますしね」

「うちの子、恋をしてるんでしょうか」

心配になったのか、憲子が身を乗り出すようにして尋ねてきた。

「さあ、それはわかりません。俺が言ったのは一般論ですよ。当然、女の子の存在が気になる年ごろですからね」

高校二年といえば、大輔にとっても忘れられない学年だ。姉に夢中になりながら、文佳に性の手ほどきをしてもらった時期なのだから。

「高校生ぐらいだと、どちらかというと、まだ女の子のほうがませてるんですよ。普通の男は圧倒されちゃうんじゃないかな」

大輔の脳裏に、平岡雪枝の顔が浮かんできた。クラスの中で、一番大人びた雰囲気の女の子だ。たぶんもう処女ではないだろう、と容易に想像できる。

「教えてください、先生。うちの子、だれかとお付き合いしてるんでしょうか」

「ですから、それはわかりませんよ。少なくとも、学校の中で女の子とべたべたしている感じはしません。男子の中では、中川浩介《なかがわこうすけ》あたりと仲がいいみたいですが」

「ああ、中川くんですか。中学から一緒なので、確かに仲はいいですね。彼は何度か、うちへ遊びに来たこともあるし」

だいぶリラックスしてきたのか、ここで憲子は脚を組んだ。スカートの裾が、わずかにずりあがった。大輔のほうから、ふとももがだいぶ見やすくなった。むっちりと量感をたたえているのが、よくわかる。

しばらく沈黙が続いた。相変わらず、大輔は急かさなかった。きょうは彼女で面談も終わりなのだ。焦ることはない。

「こんなこと、勉強に関係があるかどうかわかりませんけど」

唐突に、憲子が口を開いた。いつの間にか、頬が赤く染まっている。

「なんでも話してみてください。まったく関係ないように見えることが、案外、大事なことだったりするんです」

「でも、ちょっと恥ずかしいことなんです。先生、秘密を守っていただけます？」

「もちろんです。個人情報は決してもらしません。だからこそ、わざわざ学校もこんな部屋を作ったんじゃありませんか」

「そういえば、そうですね。私が高校のときの面談なんて、教室でしたもの」

憲子が初めてほほえんだ。美しい笑顔だ、と大輔は思った。肉厚の唇が、どうしても気になってしまう。

またしばらく沈黙したあと、憲子は深いため息をついた。意を決したようにうなずき、顔をあげて大輔を見つめてくる。

「半年くらい前のことでした。一学期の中間テストが終わったころだったと思います。私、祐一の部屋で、とんでもないものを見つけてしまって」

大輔は驚かなかった。とんでもないもの。本人たちにはごく普通の持ち物でも、母親から見れば、とんでもないものに思えることもあるかもしれない。

「信じられませんでした。あの子があんなものを部屋に持ち込むなんて」

早く聞きたかったが、大輔は我慢した。急がせることなく、とにかくいまは話しやすい環境を作ってやらなければならない。

赤かった憲子の頬が、さらに紅潮してきた。いまや耳までが真っ赤に染まっている。

「なんだかわかります？」

「いや、俺にはぜんぜん」

「し、下着だったんです」

「下着？」

「はい。あの子ったら、私の、パ、パンティーを」

なんだ、そんなことか、と大輔は胸底で笑った。女性の下着に興味を持たない高校生の男子など、この世に存在するとは思えないからだ。

だが、表面上、笑うわけにはいかなかった。憲子は真剣に心配し、必死の思いで打ち明けてきたのだ。真面目に答えてやるのが礼儀というものだろう。

「奥さんのパンティーを部屋に持ち込んでいたわけですね、彼は」

大輔は呼び方をお母さんから奥さんに変えてみた。そのほうが淫靡な感じがするからだ。

憲子は気づいてもいないようだ。

「え、ええ、そうなんです」

「どうなってました？」

「えっ？　ど、どうって言われましても」

「汚されてたんじゃありませんか？　彼の出した白いので」

憲子の顔が、またいちだんと上気した。皮膚がはじけてしまうのではないかと心配になるほど、頰は真っ赤に染まっている。

「そ、そのとおりです。先生のおっしゃるとおり、汚されてました」

「やっぱりそうですか」

「どうしてですか？　先生、どうしてそんなことまで」

「自分にも経験があるからですよ」

大輔は正直に答えた。高校二年、十七歳当時の自分は、オナニーのときに必ず姉のパンティーを使っていた。匂いを嗅ぎながらペニスをこすりたて、最後は薄布に向かって白濁液を放つ。これが最高の快感だったのだ。

「先生も、お母様のパンティーをいたずらしたんですか」

「いえ、俺の場合は姉でした」

「お姉様？」

うなずいた大輔は、少しだけ憲子のほうへ身を乗り出した。甘いコロンの香りが漂ってきて、鼻腔の粘膜を刺激された。それが股間にも刺激として伝わる。

「三つ年上の姉がいましてね。いつも刺激されてたんです」

「へえ、そういうものなんですか」

「けっこう当たり前だと思いますよ。俺の友だちも、みんな似たようなことをしてましたからね」

これも事実だった。一番仲のよかった田口《たぐち》という男は、自分の母親をオナニーの対象にしていたし、姉や妹を思ってオナニーをしていた友人を、大輔は最低でも五人は知っている。

「じゃあ、祐一は異常ってわけじゃないんですね」

「それは大丈夫です。心配いりません」

憲子がまた笑みを浮かべた。心底、安心したということなのかもしれない。

3

しばらくすると、憲子がまた顔をこわばらせた。差し迫った口調で言う。

「でも、やっぱり不安だわ。私の下着だったから、まだよかったけど」

「は？　どういうことですか、奥さん」

「だって、女性の下着よ。もしどこかよそで盗んだりしたら」

「盗む？　祐一くんが、どうして下着を盗んだりするんですか」

大輔は、ほんとうにわけがわからなくて尋ねた。

憲子のほうも、不思議そうに首をかしげている。

「だって、祐一は興味を持ったわけでしょう？　たまたま家には私がいて、下着があったからよかったようなものの、外で盗んだりしたらと思うと」

「何を言ってるんですか、奥さん。あり得ませんよ、そんなこと」

憲子の言葉をさえぎるように、大輔は言った。

困惑の表情を浮かべて、憲子がじっと見つめてくる。

「そんなこと、もちろんあってほしくはないけど、あり得ない話じゃないでしょう？」

真剣な語り口の憲子に、大輔はぶるぶると首を横に振った。

「わかってないな、奥さんは。祐一くんは下着泥棒なんか絶対にしませんよ。だって、ほかの人の下着じゃ意味がないんだから」

「どういうこと？」

憲子の言葉から、徐々に敬語が消えてきた。

大輔はため息をつき、また少し身を乗り出した。憲子の唇を見つめると、股間がさらに熱くなった。

「祐一くんはね、女の下着に興味があったわけじゃない。奥さんの下着だからこそ、手に取ってみたくなったんですよ」

「な、何を言ってるの、先生」

「まだわからないんですか？　下着はね、奥さんの代わりなんです。彼が興味を持ったのは下着なんかじゃない。奥さんなんですよ」

「わ、私？」

「もっと具体的に言えば、奥さんの体、ってことになりますね」

「私の、か、体」

憲子は目を丸くした。口を開けたまま、惚《ほう》けたように大輔のほうを見ている。

当然のように、その口にペニスを包み込まれた光景を、大輔は脳裏に思い描いた。祐一もきっといつもそんな想像をしているのだろう、と考えながら。

しばらく沈黙が続いたあと、憲子は激しく頭を振った。まるで意識して夢から覚めようとしているかのような仕草だ。

「やっぱり変よ、先生」

「何がですか」

「あの子が私の体なんかに、興味を持つはずがないわ」

「なんでそんなことが言えるんです？」

「だって、考えてもみて。私はあの子の母親よ」

「関係ありませんよ」

「おかしいじゃないの。実の母親の体に興味を持つなんて」

大輔はあらためてため息をついた。

このあたりは確かに説明が必要な部分だった。大学時代、家庭教師をした男の子の母親との会話が、大輔の耳によみがえってくる。彼女も息子に下着をいたずらされ、大輔に相談を持ちかけてきたのだ。

『先生、ちょっとおかしいんじゃないの？　私は母親よ。母親とセックスをしたがる男の子なんて、いるはずないじゃないの』

あのときも、大輔は自分の経験を踏まえて説明した。納得した結果、なぜか彼女は大輔に抱かれることになった。息子の身代わり、という感じだった記憶がある。

「俺にはよくわかりますよ、祐一くんの気持ちが」

「祐一の気持ちって？」

「苦しい胸の内って言うべきかな。家の中に、奥さんみたいにすてきな女性がいたら、気にならないわけがないじゃないですか」

「そんな、すてきだなんて」

「俺は正直に話してるつもりですよ、奥さん。彼は間違いなく、奥さんに刺激されたんです。奥さんの、その体にね」

いっときおさまっていたが、憲子の顔がまたいっぺんに上気してきた。

「からかわないで、先生。私のこと、いくつだと思ってるの？」

「知ってますよ。三十九歳でしょう？　でも、年齢なんか問題じゃない。奥さんはセクシーだ。男ならだれだって関心を持ちますよ。祐一くんがその気になるのも無理はない」

「でも、やっぱり変よ。母親をそんなふうに見るなんて」

「だったら、俺は変態ってことですか」

「変態？」

「性に目覚めてから、俺はずっと姉に夢中でした。実際には何もできなかったけど、オナニーのときには、いつだって姉のことを考えてましたよ。奥さんはそれを異常だっておっしゃるわけですか」

「私、そんなつもりじゃ」

大輔はさらに身を乗り出した。赤いルージュの引かれた唇が、もうすぐ目の前にある。

「実際にだれとセックスをするかは、その場になってみなければわかりませんよ。でもね、若いうちは刺激に敏感なんです。俺は小学校六年のとき、性に目覚めました」

「まあ、そんなに早く？」

「べつに早くはありませんよ。普通です。いや、むしろ遅いくらいかもしれないな」

憲子が唾を飲み込む音が、大輔にも聞こえた。表情は真剣そのものだ。

「夢精ってわかりますか」

「え、ええ、一応」

「俺は姉の夢を見ながら、白いのを出しちゃったんです。その前に伏線があって、夢精をしたときには、もうとっくに姉のことを女として意識してたんですけどね」

「聞かせて、先生。伏線って何？」

「六年生の冬休みでした。母の田舎へ遊びに行きましてね。そこでコタツの中に足を突っ込んでいるうちに、足先を姉のふとももに挟まれたんです」

「お姉様の、ふとももに？」

うなずきながら、大輔は当時のことを思い出した。あの衝撃的な心地よさは、おそらく一生、忘れることができないだろう。

「気持ちよかったですよ。世の中に、こんなに気持ちのいいものがあるのかって、大感激しました。もちろん、それまでも姉弟の仲はよかったんですけど、それ以来ですよ、姉を強く意識するようになったのは」

「へえ、そんなことがあったの」

「俺の場合は肉体的な接触でしたけど、視覚だけだって充分に刺激にはなります。たとえば奥さんが着替えているところを祐一くんが見たとするでしょう？　たぶん、とんでもなく刺激されちゃったと思いますね」

憲子は宙に視線をさまよわせた。そんなことがあっただろうかと、思いをめぐらしているのかもしれない。

だが、またも憲子は首を振った。いまにも泣きだしそうな顔になる。

「やっぱりおかしいわ、先生。私なんか、もうただのおばさんだもの」

「おばさん？」

「このあいだ高校のクラス会に行って、再認識したのよ。もう若くはないって。話題っていえば子供のことばかりだし、更年期障害になってる人だっていたし」

「他人のことはどうでもいいじゃないですか。もっと現実を見つめましょうよ、奥さん。祐一くんは、間違いなくあなたを女として見てるんだし」

「それは先生のお考えでしょう？　実際はどうなのかわからないわ。同じクラスにだって、すてきな女の子はいっぱいいるでしょうし」

今度は大輔が首を振る番だった。

「駄目ですよ、奥さん。逃げちゃ駄目だ」

「逃げる？」

「あなたは現実から目をそむけようとしてる。違いますか？」

「そ、そんなつもりは」

「祐一くんのこと、もっとちゃんと見てあげないと。もう一度、はっきり言わせてもらいます。彼は下着に関心があるんじゃない。あなたに興味があるんです。あなたの体にね」

憲子のとまどいは、大輔にもわからないではなかった。お腹《なか》を痛めて産んだ子が、自分を女として見ているのだ。どうしたらいいかわからない、というのが本音だろう。クラス会に行って若くないことを再認識したというのも、おそらくは事実に違いない。

だが、大輔の目には、憲子はとんでもなくセクシーな女性として映っていた。おそらく祐一も同じ思いだろう。

憲子は相変わらず、いまにも泣き出しそうな顔をしていた。

「先生、ほんとにそう思います？　祐一が、私を女として見てるって」

「何度も言わせないでください。思うに決まってるじゃないですか」

「この私を？　三十九の、おばさんになった私を？」

ああ、もう駄目だ。こりゃあ行動に出るしかない。

大輔は覚悟を決めた。すっくと立ちあがる。

何が起こるのかと、憲子は身構えた。それでも、真剣な表情は変えていない。

「白状しますよ、奥さん。あなたがここへ入ってきてから、俺が何を考えてたか」

「ど、どういうこと？」

「見てください、奥さん。さあ、ここを見て」

憲子に向かって、大輔は腰を突き出した。

丸かった憲子の目が、いっそう丸くなった。

「そ、そんな、先生」

「俺は二十六になりました。それなりに経験も積んでます。そんな俺が見ても、奥さんはすてきなんだ。こんなふうになっちゃうくらいね」

大輔は右手を股間にあてがった。ズボンの前の部分が、小山のようにふくらんでいた。手を触れた瞬間、全身に震えが走る。

「祐一くんは十七歳。男として、一番敏感な年ごろですよ。たまらなかっただろうな、奥さんの下着姿なんか見ちゃったら」

「ああ、先生」

憲子の視線を、大輔ははっきりと感じた。ズボンの上からとはいえ、いきり立ったペニスを、憲子はしっかりと見つめているのだ。

「わかったわ、先生。あの子の気持ち、私にもよくわかった」

ペニスの上に右手を置いたまま、大輔は座り直した。

憲子のほうが、上体を倒してくる。

「教えて、先生。私、どうすればいいの？」

「どうって、べつに何もすることはありませんよ」

「でも、このままってわけにはいかないわ。あの子の成績がさがったのは、私のせいかもしれないんだから。先生の場合はどうだったの？　お姉様、何かしてくださったの？」

少しだけ寂しさを感じながら、大輔は首を横に振った。

「姉は何もしてくれませんでした。というより、たぶん俺の気持ちは知らなかったはずですよ。告白したわけじゃありませんから」

「先生、それで平気だったの？」

「仕方がないじゃありませんか。俺の場合は、そのうちにちゃんと相手ができたんです」

嘘ではなかった。十七歳のとき、大輔は文佳の体で童貞に別れを告げたのだ。

「とりあえず、見て見ぬふりをしてあげるのが一番いいんじゃないですかね」

「それはかまわないけど、勉強は大丈夫なのかしら」

「心配だったら、確かめてみたらいかがですか」

「確かめるって、どうやって？」

「本人に聞いてみればいいんですよ。私のことをどう思ってるか、って」

「そ、そんなこと、無理に決まってるじゃないの」

いちだんと顔を上気させて、憲子は強い口調で反論した。

「どうして無理なんですか。何かしてあげたいんでしょう？」

「もし間違ってたら、どうするのよ」

「間違ってるって、何がですか」

「あの子が私を女として見てるっていうのは、あくまで先生の推測じゃないの。もしそれが違っていたら、私が恥をかくことになるわ。あの子に呆《あき》れられちゃうかもしれない」

なるほど、この人は怖がってるわけか。

大輔は納得した。だれの目にも、憲子はセクシーで美しい女性として映るはずだが、三十九歳という年齢を迎えて、やはり自信がないのだろう。大輔は、祐一のためにも、ここは自信を回復させてやらないと、という気分になった。

大輔はふたたび立ちあがった。

「間違ってるわけないでしょう？　俺の経験から考えたって、祐一くんは絶対に奥さんのことが欲しいんだ」

「ほ、欲しい？」

「抱きたいんですよ、奥さんを」

「まあ、先生ったら、そ、そんなこと」

相変わらずとまどったように言いながらも、憲子がかすかに笑みを浮かべたのを、大輔は見逃さなかった。息子に思われて、憲子はきっとうれしいのだ。その気持ちの裏返しとして、大輔の予想が間違っていた場合を恐れているのだろう。

4

大輔は憲子の手を取って立たせた。

憲子も抵抗はしなかった。火照《ほて》った顔で、まっすぐに大輔の目を見つめてくる。

「俺の姉さんは何もしてくれなかった。でもね、俺は欲しかった。姉さんが欲しいって、いつも思ってたんです」

「迫ったりはしなかったの？」

「そんなことができれば、苦労しませんよ。俺は祐一くんがうらやましい」

「うらやましい？」

「だって、奥さん、その気になってらっしゃるんでしょう？　祐一くんになら抱かれてもいいって、思ってらっしゃるんじゃありませんか」

「そ、そこまでは」

強い否定ではなかった。おそらく自分の予想ははずれていないだろう、と大輔は自信を持った。憲子の肩を抱き、下腹部を押しつける。

「もう駄目だ、我慢できない。欲しい。俺、奥さんが欲しい」

「駄目よ、先生。そんなこと、できないわ」

そう言いながらも、憲子は大輔の体を突き放そうとはしなかった。むしろ体をこすりつけてくる。

憲子の右手をつかみ、大輔は自分の股間に押し当てた。

ここでも抵抗はされなかった。広げた手のひらで、憲子はズボンの上からペニスを包み込んでくる。

「す、すごいわ。先生ったら、もうこんなに」

「奥さんのせいです。祐一くんだって、きっと同じだ。毎日奥さんを見るだけで、たぶんここをかちんかちんにしちゃってますよ」

「ああ、先生」

狭い場所だが、憲子はすっとその場にしゃがみ込んだ。慣れた手つきでベルトをゆるめ、大輔のズボンを足首まで引きおろした。続いてトランクスも、ズボンに重なるところまでずりさげる。

「こんなに大きくして、悪い人ね、先生」

「これは俺のじゃありませんよ、奥さん。祐一くんのだと思ってください」

「祐一も、こんなふうにしてるのかしら」

「当たり前じゃないですか。奥さんのこと考えたら、いつだってこうなるはずですよ。一日に二回や三回は出してるだろうな」

ほっそりした指先で、憲子はペニスをつかんだ。先端を自分のほうへ向け直し、肉厚の唇を開いた。突き出した舌を、張りつめた亀頭に這《は》わせてくる。

「うっ、ああ、奥さん」

いったん舌を引っ込め、憲子が大輔を睨《にら》んできた。

「祐一は奥さんなんて言わないわ」

「あっ、失礼しました。なんて呼んでるんですか、奥さんのこと」

「ママ、だけど」

少し照れくさそうに、憲子は白状した。憲子のほうも、すでにこの設定にのめり込んでいるのは明らかだった。

よし、やってやろうじゃないか。俺はいまから祐一になってやる。

「頼むよ、ママ。いつも夢見てたんだ。ママにしてもらうこと」

「ああ、祐ちゃん」

あらためて口を開け、憲子は肉棒を頬張った。休む間もなく、首を前後に振り始める。

濃厚な口唇愛撫だった。大輔はたまらない気分になる。

祐一だったら、もう出しちゃってるだろうな。俺はこのまま出すわけにはいかないぞ。少なくとも、この奥さんにも楽しんでもらわないと。

しばらくすると両手をおろし、大輔は憲子の頬をしっかりと挟みつけた。

紅潮した顔で、憲子が見あげてくる。

「いいのよ、祐ちゃん。このままお口に出しちゃっても」

「ううん、駄目だよ、ママ。やっぱりちゃんとママの中に出したいんだ」

「まあ、祐ちゃんったら」

憲子を立たせておいて、入れ代わりに大輔が床にひざまずいた。引き締まった憲子の足首に両手をあてがい、そこから上に向かって手のひらをすべりあげていく。

すてきだな、この奥さんの脚。ふともも、こんなにむっちりしている。

ストッキング越しにふとももを軽く撫《な》でたあと、さらに両手をすべりあげた。パンストとパンティーの縁《ふち》に指をかけ、やや強引に引きさげていく。

指先にふとももの地肌が触れてきて、大輔は陶然となった。肌はなめらかで、肉は豊かな弾力をたたえている。

二枚の薄布が足首までおりてきたところで、大輔は憲子のハイヒールを脱がせた。パンストとパンティーを、あっさり抜き取ってしまう。

「ああん、恥ずかしいわ、祐ちゃん」

「きれいだよ、ママ。ママの脚、すごくきれいだ」

「まあ、祐ちゃんったら」

あらためて両手をすべりあげ、大輔は憲子のふとももに触れた。むっちりしたふとももを、存分に撫でまわす。

「駄目よ、祐ちゃん。ママ、もう我慢できない」

ふとももに心を残しながら、大輔は立ちあがった。憲子を抱きしめ、唇を重ねる。

憲子は積極的だった。大輔の歯を割るようにして、口腔内に舌を突き入れてくる。そうしながら、右手ではしっかりとペニスを握っていた。

唇を離すと、大輔は憲子の耳もとに唇を押し当てた。そっとささやく。

「ママ、後ろから、いいかな」

「後ろ？　え、ええ」

初体験をバックでやるやつはいないだろうな、と思いながらも、大輔は憲子に指示して、ソファーに両手をつかせた。スカートを腰の上までまくりあげ、豊かな白い双臀を剝《む》き出しにする。

「すてきだよ、ママのお尻」

「ああん、見ないで。恥ずかしいわ」

「恥ずかしがることないよ。ほんとうにすてきだ、ママ」

大輔は上履きを脱ぎ、足首からズボンとトランクスを取り去った。屹立したペニスに手をあてがい、下半身を憲子に密着させていく。

あうんの呼吸で、やや開かれた脚の間から、憲子が右手を後方へ伸ばしてきた。バトンリレーをするように、大輔の手から肉棒を受け取る。

間もなく亀頭の先に、大輔は蜜液のぬめりを感じた。息子とセックスをするという疑似設定に、憲子はすっかり興奮してしまったらしい。秘部にはたっぷりと蜜液をあふれさせているのだ。

「いいわよ、祐ちゃん。来て」

大輔は、ぐいっと腰を突き出した。張りつめた亀頭が淫裂を割り、間もなく肉棒全体が、ずぶずぶと憲子の体内にもぐり込んだ。

「うわっ、ああ、ママ」

「ああ、祐ちゃん。わかるわ。入ったのね。祐ちゃんのが、ママの中に」

この奥さん、声もなかなかいいな。こんな色っぽい声でよがられたら、それだけでたまらなくなってしまう。

ぴったりとした挿入感を味わってから、大輔は右手を向こうへまわした。なめらかなふとももを撫で、硬化した肉棒が淫裂に飲み込まれているのを確認してから、中指の先で秘唇の合わせ目を探った。充血したクリトリスが、指に当たってくる。

「ああっ、だ、駄目。駄目よ、祐ちゃん」

「すごいよ、ママ。こんなに硬くなってる」

「か、感じてるからよ。ママ、とっても感じてるの」

指の腹の部分を肉芽にかぶせた状態で、大輔はおもむろに腰を使いだした。こうしておくと特に意識していなくても、指がクリトリスをなぶることになる。

「す、すてきよ、祐ちゃん。ママ、おかしくなっちゃう」

「最高だよ、ママ。気持ちよすぎる」

実際、肉洞とペニスの接触感はすばらしかった。ぬるぬるとした感触は、口唇愛撫に近い。何人もの女性から、同時にフェラチオをされているような気分になる。

「駄目よ、祐ちゃん。ママ、ほんとにおかしくなっちゃいそう」

憲子は上体を大きくくねらせた。絶頂の近さを知らせているのだろう。

本物の息子は、いかせてはくれないだろうからな。せめていまは最高の気分を味わってもらおうじゃないか。

そんな思いで、大輔は腰の動きを加速した。

当然、指先は激しく肉芽をなぶりまわす結果になった。くちゅくちゅ、ぴちゃぴちゃという淫猥《いんわい》な音が、狭い室内に響きわたる。

「あっ、駄目。祐ちゃん、ママ、ほんとに、ああっ」

がくん、がくんと、憲子は上体を大きく揺らした。快感の極みに到達したのだ。

肉芽から指を離し、大輔はさらに腰を使った。

十秒ほど遅れて、大輔のペニスに射精の瞬間が訪れた。びくん、びくんと震えるペニスの先端から、熱く煮えたぎった欲望のエキスが、猛然と噴出していく。

ちょうど十回脈動して、ペニスはおとなしくなった。

それを待っていたかのように、憲子の体が床に崩れ落ちた。抜け落ちたペニスの先端から、精液の残滓《ざんし》が床に垂れていく。

大輔も床にしゃがみ込んだ。憲子の肩に手をやり、首筋に唇を押し当てる。

「すてきだったよ、ママ」

「ああ、祐ちゃん。あなたもよ。あなたも、とってもすてきだった」

憲子の心の中では、愛する息子との疑似セックスが、まだ続いているようだった。

第二章　人妻の苦悩

1

祐ちゃん、ほんとうに私を一人の女として見てくれてるのかしら。

深夜十二時。入浴しながら、憲子はじっと考え込んだ。

息子の祐一の部屋で自分のパンティーを見つけてから、すでに半年が経過している。男の子の性についても、それなりに知識はあったし、そろそろ祐一も女性の下着に興味が湧いてきたのだろう、というくらいに考えていた。

だが、祐一の担任である吉岡大輔に相談すると、彼はまったく違う見解を示した。

『下着はね、奥さんの代わりなんです。彼が興味を持ったのは下着なんかじゃない。奥さんなんですよ。もっと具体的に言えば、奥さんの体、ってことになりますね』

そんな話を聞いているうちに、憲子はどんどん興奮してきた。結局、面談室の狭い空間で、大輔に抱かれることになった。しかも、大輔は祐一の役をやってくれた。祐一に抱かれているつもりで、憲子は大輔の硬い肉棒を体の中に迎え入れたのだ。

大輔が射精し、熱い欲望のエキスが肉洞内にほとばしってくるのを、憲子は実感した。祐一の精液を受け止めているような気分で、夫とのセックスでは味わえない、強烈なエクスタシーを感じたのだ。

憲子は両手を眺めた。視線を腕、さらにはお湯に浮かんだ状態の乳房に移してみる。肌にはまだ充分に張りがあるように思えた。Dカップの乳房も上を向いていて、垂れたりはしていない。

今年の夏、高校のクラス会に参加して、自分の年齢を自覚したのは事実だった。高校時代、女の憲子の目から見ても美しかったクラスメートの女の子たちが、みんなごく普通のおばさんへと変貌していたからだ。

ああ、私もきっとこんなふうに見えてるのね。

けっこうショックを受けたものだった。

だが一方で、いいこともあった。サッカー部のエースとして活躍していた芝崎《しばざき》という男が、声をかけてくれたのだ。

『おまえ、変わってないな。とても三十九には見えないよ。今度、デートしようぜ』

芝崎は家庭持ちだし、もちろん半分は冗談だったのだろうが、若く見られたことはうれしかった。

間もなく風呂からあがり、憲子は脱衣場の鏡に目をやった。両手を胸にあてがい、乳房のふくらみを持ちあげてみる。

「祐ちゃん、ほんとに欲しい？　ママが欲しい？」

小さな声でつぶやいてみると、下腹部に熱いうずきを覚えた。だが、次の瞬間、憲子は首を横に振っていた。

やっぱりそんなはずないわ。私はあの子の母親なんだもの。あれは先生の単なる想像よ。母親の私を、祐ちゃんがそんな目で見るわけがない。

憲子はベージュのパンティーとキャミソールを身につけ、その上にオフホワイトのナイティーをまとった。寝るときは、いつもこの格好だ。

寝室に入ると、夫はすでに寝息をたてていた。十一時近くに帰ってきてシャワーを浴び、すぐに寝てしまったのだろう。このごろはずっとこんな状態が続いている。

八畳ほどの部屋に、ベッドが二つ置かれていた。夫が寝ているのはセミダブル、憲子のほうはシングルだ。抱きたくなると、夫が自分のベッドに憲子を呼ぶ。いつからかそんなシステムができあがっていた。

だが、夫がその気になるのは、せいぜい月に一度というところだ。前回、いつ隣のベッドに入ったか、憲子は覚えていない。

一度、ため息をついて、憲子は身を横たえた。とたんに、祐一の姿が頭に浮かんできた。憲子のパンティーを手に持っているところだ。祐一は、やがてそれを顔に押し当てる。

駄目よ、祐ちゃん。そんなことしたら、汚いわ。

息子に向かって胸底でささやきながらも、全身が熱を帯びてくるのを、憲子はどうすることもできなかった。自然に右手をおろし、ナイティーの裾をまくった。ふとももを這いあがった指先が、パンティーの股布にあてがわれる。

指の腹に、憲子はぬめりを感じた。

さっきはいたばかりなのに、もうこんなに。

パンティーは濡れていた。息子が自分のパンティーを手に持ったところを想像しただけで、憲子は蜜液をあふれさせてしまったのだ。

お腹のほうから、憲子はパンティーの中に手を差し入れた。中指の先を淫裂に這わせてみると、あふれ出た淫水がからみついてきた。何度か縦の愛撫を繰り返してから、指先をクレバスの合わせ目に移動させる。

「あっ、祐ちゃん」

思わず声をもらしてしまい、憲子はハッとなった。

夫の寝息に乱れはなかった。すっかり寝入っているらしい。

ほっとしながら、ふたたび指先に神経を集めた。充血し、小豆《あずき》粒程度にまで肥大したクリトリスを、丁寧に撫でまわす。担任の大輔の言葉が、聞こえてくるような気がした。

『俺は祐一くんの気持ちがよくわかるな。あなたみたいにすてきな女性が家の中にいたら、気になるに決まってるじゃないですか。母だろうと姉だろうと、女は女なんですから』

大輔は三つ年上の姉を、女として意識していたのだという。実際には何もできなかったらしいが、セックスをしてみたかったと、彼ははっきり言っていた。

祐ちゃん、ほんとにママが欲しいの？　同級生の中にだって、すてきな女の子がいっぱいいるでしょうに。

憲子の脳裏に突然、一人の女生徒の顔が浮かんできた。中学から祐一と一緒だった、平岡雪枝という女の子だ。大人びた雰囲気を持っていて、授業参観で見かけた際、驚かされたのを覚えている。

高校の入学式で見かけるまで、彼女が祐一と同じ学校へ進んだことを憲子は知らなかった。一年、二年と、偶然にも同じクラスになっている。

あの子、いいスタイルをしてたわね。胸も大きかったし。

祐一と雪枝が並んでいるところを、憲子は思い浮かべてみた。そのとたん、全身がカッと熱くなるのを感じた。

駄目よ、祐ちゃん。絶対に駄目。あの子はきっと遊んでるわ。あんな子とは付き合うべきじゃない。あなたには似合わないわよ。

それが嫉妬《しっと》から来る思いであることに、憲子は気づいていた。だが、その感情を抑えようとは思わなかった。話をしたこともない雪枝に対し、すでに敵意さえ抱いている。

高校に入って以来、祐一の口から雪枝の話が出たことは一度もなかった。だが、雪枝はいちだんと美しくなっているはずだった。祐一だって、気にならないはずはない。

もしあの子のほうから声をかけてきたら、祐ちゃん、どうするのかしら。

今度は二人が抱き合っているところが、鮮明な映像となって頭に浮かんできた。憲子の体は、ますます熱くなる。

やっぱり駄目よ、祐ちゃん。あの子は駄目。あなたにはママがいるじゃないの。あなたのしたいこと、ママがなんでもしてあげるわ。だから、お願い、祐ちゃん。あの子と付き合ったりしないで。

もう一度、憲子は指を淫裂に這わせた。すくい取った蜜液を、クリトリスになすりつけ、小さな円を描くようにこねまわす。

「ああ、祐ちゃん。好きよ、祐ちゃん」

寝ている夫のことなど、もう気にもかからなかった。自分と祐一が抱き合っているシーンを思い浮かべながら、指の動きを加速する。

『ぼくだって好きだよ、ママ。ママが大好きだ』

祐一の声が、耳に聞こえてきたような気がした。次の瞬間、憲子は絶頂へと駆けのぼる。

「ああっ、祐ちゃん」

宙に向かって腰を突きあげ、憲子はがくがくと体を痙攣《けいれん》させた。浮いていたお尻が、ゆっくりとベッドに落下する。

荒かった息が整い、少し冷静になってくると、憲子は羞恥《しゅうち》心に包まれた。息子に抱かれる自分を想像して、オナニーをしてしまったのだ。こんなことは、もちろん初めてだ。

ティッシュを取って拭《ふ》いてみても、パンティーは濡れたままだった。少し気持ち悪かったが、はき替える気にはなれなかった。恥ずかしいという思いはあるものの、祐一に抱かれたという感覚が残っていて、それがうれしいのだ。

でも、やっぱり無理よね。私があの子に抱かれるなんて。

憲子の口から、自然にため息がもれた。だが、平岡雪枝のことを思い出すと、また嫉妬心に駆られ、体がカッと熱くなった。

2

夫を七時すぎに送り出し、憲子は祐一と朝食のテーブルに着いた。いつもの光景だが、きょうはなんとなく雰囲気が違った。息子の視線が気になって仕方がないのだ。

祐一は、ずっと憲子のほうを眺めていた。眠そうな顔をしているが、その目に憧憬の念がこめられていることは、憲子にもよくわかった。

先生の言ったこと、ほんとうだったのね。この子、私を女として見てる。

困ったな、という思いの一方で、憲子は不思議なうれしさも感じていた。息子に見つめられるのが、決していやではないのだ。

「ママ、そういえばきのう面談だったんだよね」

「えっ？　え、ええ、そうよ」

「先生、なんだって？」

狭い面談室で大輔に抱かれたことを、憲子はいやでも思い出さざるを得なかった。急激に恥ずかしさがこみあげてきて、全身が熱くなってしまう。

「べ、べつに大した話はされなかったわ」

「そう？　夏休みのあとの模試の結果がひどかったから、かなりきついことを言われたのかと思ってたよ」

「確かに模試のことはおっしゃってたわ。もう少し頑張らないと、志望校は厳しいかもしれないって」

「うん、それはぼくもわかってるんだ。ごめんね、ママ、心配かけて」

じっと見つめられ、憲子はどぎまぎしてしまった。

「ママは大丈夫よ。祐ちゃんが一生懸命やってくれれば、それでいいわ」

「前回は調子が悪かったんだ。次はきっと頑張るから」

「期待してるわ」

憲子がにっこり笑うと、祐一は体をもじもじさせた。顔ばかりでなく、憲子の体のいろいろな部分に視線を送ってくる。

「祐ちゃん、きょうの帰りは？」

「図書館に寄ってくるから、六時すぎくらいになっちゃうかな。ママは？」

「きょうはずっとうちにいるつもりよ」

「わかった。できるだけ早く帰ってくるね」

普段どおりの会話だった。だが、憲子の耳には何かが違って聞こえた。祐一が、ママに会いたいから早く帰ってくるね、と言っているような気がしたのだ。

七時四十分に、息子は家を出ていった。高校まで約四十分かかるから、このぐらいに行けばちょうどいいのだという。

すぐに洗濯にかかろうとしたのだが、思い直して憲子は階段をのぼった。祐一の部屋を開けたとたんに、鼻腔の粘膜を刺激された。間違いなく精液の匂いがしたのだ。

あの子、また私のパンティーに射精したのかしら。

胸をどきどきさせながら、ベッドの毛布をまくってみたが、パンティーは発見できなかった。ただし、屑籠《くずかご》には丸めたティッシュが放り込まれていて、匂いのもとがここであることはすぐにわかった。昨夜も祐一がオナニーをしたことは間違いない。

きのうはパンティーを使わなかったのね。私のことは想像しなかったのかもしれない。もしかして、あの子を思い浮かべたの？

また平岡雪枝の顔が脳裏に浮かんできて、憲子は言いようのない焦燥感に駆られた。なんの根拠もないのだが、雪枝が祐一に誘いをかけているような、そんな想像をしてしまう。

少しいやな気分で、憲子は階段をおりてきた。脱衣場に入り、洗濯機をまわしかけたところで、一応、蓋を開けてみた。昨夜、最後に入浴したのは憲子だから、当然のように、一番上に憲子の下着が載っていた。だが、きのうとはなんとなく雰囲気が違う。首をかしげながら、憲子はパンティーをつまみあげた。その瞬間、思わず全身に震えが走った。よく拭いてはあるものの、ベージュのパンティーは濡れていたのだ。顔を近づけてみると、先ほど嗅いだのと同じ匂いがする。

憲子が入浴を済ませたあと、祐一はここからパンティーを持ち出し、オナニーをしたのだろう。薄布に向かって射精し、ティッシュで丁寧に拭《ぬぐ》ってから、ここへ戻しておいたに違いない。

「ああ、祐ちゃん」

左手で自分のパンティーを顔に押し当てながら、憲子は右手でワンピースの裾をまくりあげた。指先を、迷わずパンティーの股布にあてがう。

憲子は何度も深呼吸を繰り返し、息子の出した欲望のエキスの匂いを確認した。右手の中指と人差し指を、パンティーの脇から中にもぐり込ませた。淫裂を縦になぞると、ぬるぬるした感触が伝わってきた。すでに蜜液があふれてきている。

「ママがなんでもしてあげるんだから、あの子と付き合ったりしちゃ駄目」

憲子は口に出してつぶやいていた。

思い出したくないのだが、どうしても平岡雪枝の顔が浮かんできた。いまや憲子は雪枝に対して、強いライバル意識を持っていると言ってもいい。

『わかったよ、ママ。ぼく、彼女とは付き合わない。ママがいてくれたら、それでいい』

願望に近いものだったが、憲子の耳にはそんな祐一の声が聞こえてきた。指をうごめかすと、大きな喜びとともに、体に小刻みな震えが走る。

「いくわ、祐ちゃん。ママ、いっちゃう。ああっ」

がくん、がくんと大きく上体を揺らして、憲子は絶頂を迎えた。パンティーから指を引き抜き、ゆっくりと床に崩れ落ちる。

正気に戻ると、また照れくささを感じた。だが、自己嫌悪に陥ったりはしなかった。雪枝には負けられないという思いが、まだ続いている。

でも、かなうわけないわよね。あの子は十七歳、私はもう三十九なんだから。ああ、どうしたらいいの?

そう考えたとたん、憲子の頭の中に一人の女性の顔が現れた。高校時代からの親友、宮瀬《みやせ》敬子《けいこ》だ。困ったときには、なんでも敬子に相談に乗ってもらってきた。

手に持っていたパンティーを洗濯槽に戻し、自分がはいていたパンティーも脱いで、憲子は洗濯機をまわし始めた。ワンピースの下はノーパンのままでリビングに入り、電話を取りあげた。メモリーを呼び出して、敬子にかける。

二度目のコールが終わったところで、敬子が出た。

「どうしたのよ、憲子。珍しいじゃないの、こんなに朝早くから」

「ごめんなさい。いま、いい？」

「かまわないわよ。弘樹《ひろき》が出かけたところだし」

弘樹というのは、敬子の長男だ。祐一より一つ年下で、今年高校一年になった。敬子にはその下にもう一人、和美という女の子がいる。

「ちょっと、どうしちゃったの？　どうせ何か相談があってかけてきたんでしょ？」

なかなか話しださない憲子に、敬子が焦《じ》れたように言った。

「そうなんだけど、電話ではちょっと」

「なんだ、それならそうと早く言ってよ。お昼でも一緒に食べる？」

「え、ええ。そうしてもらえると助かるわ」

「当然、憲子の奢《おご》りよね」

冗談めかした敬子の言葉を聞いているうちに、憲子も少しだけ元気が出てきた。

十一時半、憲子は敬子とシティーホテルの最上階にあるレストランに来ていた。それほど高くない値段で個室のようになったところが使えるので、二人はときどき利用している。

敬子にはすべてを打ち明けるつもりで来たものの、いざとなると憲子は何も言えなかった。

まずは祐一が自分の下着をいたずらし始めたところからスタートする予定だったが、それも話せないうちに、早くもデザートになってしまった。

「いい加減、話してくれない？　まさかご飯だけのために、わざわざ私に会いに来たわけじゃないでしょう？」

聞きじょうずの敬子も、さすがに少しいらいらしてきたようだった。

憲子はうなずいた。コーヒーをひと口すすり、一度ため息をついてから、あらためて敬子を見つめる。

「祐一のことなの」

「そんなのわかってるわ。あなたの相談で、祐一くんに関係しなかったものなんて、これまで一つもなかったもの」

「今回は、ちょっと深刻なのよ」

「祐一くんも十七歳ですものね。そりゃあ、いろいろ問題もあるでしょうよ。何？　もしかして、悪い彼女でもできた？」

「ううん、そうじゃないの。そうじゃないんだけど」

平岡雪枝の大人びた顔を、憲子は思い浮かべた。もし祐一が雪枝と付き合ってでもいたら、それはそれで大問題だ。だが、いまは憲子の想像にすぎない。せっかく敬子が出てきてくれたのだ。ここはしっかり話さなければならないだろう。

「実はね、祐一がおかしなことをするようになったの」

「おかしなこと？」

「え、ええ。あの子ったら、私の下着を、その、なんていうか」

羞恥心に襲われ、憲子が最後まで言えないでいるうちに、敬子はくすくす笑いだした。

「なんだ、憲子ったら、そんなことで悩んでたの？」

「そんなことって、私、まだちゃんと話してないじゃないの」

「わかるわよ、あなたが言いたいことぐらい。祐一くんがあなたの下着をいたずらするようになったんでしょう？」

「え、ええ」

「もっと言えば、汚されたのね？　彼が出した白いやつで」

「そのとおりよ。敬子、どうして」

憲子はびっくりしてしまった。大輔とまったく同じだった。憲子が経験したことを、敬子はぴたりと言い当てたのだ。

「私も経験者だからに決まってるでしょ？　弘樹は祐一くんより一つ下だけど、下着のいたずらなんて、中学一年のころからやってるわ」

「中一？　そんな、まさか」

「まさかじゃないわ。現実よ、憲子」

笑いを引っ込め、敬子が真剣な表情になった。基本的に、敬子は真面目な女性なのだ。憲子の相談には、いつもしっかりと応じてくれる。

「弘樹が性に目覚めたのは小学校五年のときよ。オナニーはすぐに始めたみたい」

「ずいぶん早いのね」

「さあ、どうかしら。いまどきの子としては、普通なんじゃない？」

大輔も同じようなことを言っていた。自分だけが遅れているのかと、憲子はまた少し不安になる。

「で、憲子は何が心配なの？」

「何って、それは」

少し沈黙し、憲子は頭の中を整理した。結局、すべて話すしかないだろう、という結論だった。コーヒーをもうひと口すすってから、ゆっくりと喋りだす。

「きのう担任の先生と面談があったの。そこでね、先生に相談してみたのよ」

「まあ、すごい。下着を汚された話を、先生に？」

「ええ。先生、よくわかってくださって、心配はいらないって」

「もちろんよ、憲子。ぜんぜん心配する必要なんかないわ。男の子なら、そのぐらい当たり前のことだもの」

「でもね、先生がおっしゃるのよ。祐一が興味を持ってるのは下着じゃなくて、ほんとうは私なんじゃないかって」

　敬子は笑わなかった。むしろこれまで以上に硬い顔つきになっている。

「いい先生じゃないの。そうよ、憲子。その先生の言うとおり。祐一くんが関心を持ってるのは下着なんかじゃない。あなたよ。もっと言えば、あなたの体ね」

「ああ、やっぱり」

　これも大輔の意見とまったく同じだった。

「一応、理解はしたつもりよ。だけど、どうしたらいいのかわからなくて」

「先生のご意見はどうだったの？」

「見て見ぬふりが一番だって話だったわ」

「まあ、最初はそれしかないでしょうね。本人にしてみれば秘密でしていることなんだし、こっちがわかってるって知ったら、それだけでパニックになるはずだから」

「あなたはどうしたの？　弘樹くんに下着をいたずらされてるってわかったとき」

　ここで敬子は妖しい笑みを浮かべた。女の憲子の目から見ても、色香に満ちたほほえみだった。こんな顔をされたら、男性はみんなまいってしまうだろう、と憲子は思った。

「私もしばらくは様子を見たわ。下着を汚されるくらいで済むなら、どうってことないし」

敬子もコーヒーを口にした。少し遠くを見るような目をして、あらためて口を開く。

「でも、ちょっと問題が起きたのよ。私の下着をいじりだしてから、弘樹、成績が落ちてきちゃったの」

「うちもよ、敬子。祐一も同じ。このあいだの模試なんか、ひどい結果で」

「だからね、きちんと向き合うことにしたの」

「向き合うって？」

「ちゃんと話をしたのよ。一対一でね。白状させたわ。私のパンティーを使ってオナニーしてることを」

敬子なら、そのぐらいのことはやるだろう、という気はした。しかし、憲子にしてみれば、やはりとんでもないことだった。

「弘樹くん、どんな感じだった？」

「最初はびっくりしてたわ。私にバレてるとは、思ってもいなかったんでしょうね」

「敬子、叱ったの？」

「まさか。べつに悪いことをしたわけじゃないもの。そうでしょう？」

憲子は答えられなかった。下着を精液で汚されたのだ。悪いことといえば悪いことのようにも思える。

「私が怒ってないってわかったら、少し安心したんでしょうね。オナニーを始めたころのことから、全部話してくれたわ。私の着替えを見て、興奮しちゃったこととかもね」

「へえ、そんなことがあったの」

「祐一くんだって一緒よ、きっと。べつにのぞこうと思わなくたって、着替えるところが見えちゃうことぐらい、あるものね。同じ家で暮らしてるんだから」

憲子はうなずいた。確かにそのとおりなのだ。これまで息子の視線など意識してこなかったのだから、かなり無防備な部分もあった。裸にまではならなかったが、リビングで下着姿になったことぐらい、何度もある。

「私はね、とにかく成績のことを解決したかったの。さがった理由を、弘樹に自分なりに説明してみろって言ったのよ」

「関係あったの？　あなたの下着をいじったことと」

「大ありよ。あの子ね、学校から帰ってくると、まずオナニーをしてたんですって。私のパンティーを使ってね。だいたいはそれで満足して勉強に取りかかることになるんだけど、日によっては、なかなかすっきりしないことがあったらしいの」

敬子が少しだけ表情を曇らせた。

「そうなると当然、またオナニーをすることになるわけじゃない？　ところがね、そういう日は何度出しても、勉強に集中できないんですって。あのころは、それが続いてたらしいのよ。朝までに七回出した日もあったって話だったわ」

「七回も？」

「当然、勉強する時間なんかなくなるわよね」

祐ちゃんはどうなのかしら。毎晩出してるみたいだけど、やっぱりすっきりできない日があるのかもしれない。

憲子は、なんだか息子が不憫《ふびん》に思えた。とはいえ、いまの自分にはどうすることもできないのだ。とにかく敬子の話を聞くしかない。

「それで、何か解決方法は見つかったの？」

「ふふっ、まあね。けっこう簡単だったわ」

思わせぶりに、敬子はコーヒーを飲んだ。

「もう、焦らさないで、敬子。教えてよ。どうしたの？」

「ほんとうに簡単なことよ。私がしてあげるようになったの」

あまりにもさりげない口調で言われたため、憲子は一瞬、意味がわからなかった。理解できてくると、大きな衝撃に襲われた。

「敬子、それじゃ、あなた、し、しちゃったの？　弘樹くんと、セ、セックスを」

「まさか。当時はまだ中学生よ。さすがにそこまではしないわ。単純に、オナニーを手伝ってあげただけよ」

「手伝うって、何をしたの？」

「私が握って、出してあげるようになったの。すごいわよ、中学生の男の子って。ほんとうに鉄の棒みたいに硬くなっちゃうんだから」

敬子の頬が、いつしか紅潮していた。話しているうちに、興奮してきたのかもしれない。

「でも、それでほんとうに解決したの？　手で出してあげるっていうのは確かにすごいけど、やってることはオナニーと同じなんじゃないの？」

「それがね、だいぶ違うみたいなのよ。あの子、言ってたわ。ママに出してもらうと、すごく落ち着いてきて、あとは夜までちゃんと勉強できるって」

「ふうん、そうなんだ」

祐一のペニスを握ってやるシーンを、憲子は想像してみた。これも思い浮かべるのが限度のようだった。とても実際にできるとは思えない。

「いまでもずっとしてあげてるわけ？」

「まあね。だいぶスタイルは変わってきたけど」

「スタイル？」

「セックスだって、マンネリは禁物でしょう？　ただ握ってあげてるだけじゃ、弘樹だってだんだん飽きてくるわ」

ここでまた敬子は遠くを見るような目になった。

「中三になったころから、体にさわらせてあげるようになったの」

「体に？」

「あるときね、あの子、必死になってねだってきたのよ。一度でいいから、ママのおっぱいにさわってみたいって」

敬子は豊満なバストの持ち主だ。Ｆカップだと聞かされた覚えがある。弘樹は母の乳房が気になって仕方がなかったのだろう。

「ブラをはずしてさわらせてあげたら、弘樹、大感激だったわ。涙を流しそうなくらい」

「あこがれてたんでしょうね、あなたのバストに」

「ふふっ、そうかもね。それから、いろいろなところにさわらせてあげるようになったわ。お尻とか、ふとももとか。でも、弘樹はやっぱり、おっぱいが一番好きみたい」

祐一は私の体の中で、どこが好きなのかしら。胸は敬子みたいに大きくないけど、まあまあの形をしてるわ。お尻だって、まだ垂れてないし。

　自分が想像していることがおかしくて、憲子は内心でくすっと笑った。敬子と話したことで、少し余裕が生まれてきたようだ。

「体にさわらせながら、オチンチンを握ってあげてるわけね、敬子は」

「いまはもう少し進んでるわ」

「進んでるって、もしかして、セックスまで？」

「ああん、焦りすぎよ、憲子は。物事には順番ってものがあるでしょう？」

　敬子が冗談めかして言い、軽く睨みつけてきた。

「いまはね、お口でしてあげてるの」

「く、口で？」

「高校に合格したときにね、弘樹ったら、ほんとうにおどおどしながら、またおねだりしてきたのよ。一度でいいから、ママの口にぼくのを入れてみたい、ってね」

「してあげたの？」

「ええ。高校に受かったご褒美としては、一番気が利いてたんじゃないかしら」

　憲子はきのうのことを思い出した。狭い面談室の床にしゃがみ込み、大輔のペニスを頬張ったのだ。ただし、気分だけは祐一にしているつもりになっていた。だからこそ、よく知りもしない大輔の肉棒をくわえる気になったのだ。

「お口って、男の人にとっては特別なものみたいね」

いっそう顔を上気させて、敬子が言った。

「そりゃあそうでしょう。女だって、好きな相手じゃなければ、絶対にできないもの」

「中一のころから握ってあげてたわけだし、弘樹は私にされることには慣れてたはずじゃない？　それなのに、お口に入れたとたんに、もう爆発しちゃったのよ」

「飲んであげたの？」

「ええ。そうしたら、また大感激だったのよ、弘樹。ママ、飲んでくれたんだねって、何度も何度も言っちゃって」

もし私が飲んであげたら、祐一も感激してくれるのかしら。

想像はしてみたが、実際にはできないだろうという思いが、いちだんと強まっていた。

「二度目もすぐに出しちゃったわ、あの子。結局、あの日は四回もあの子が出したのを飲んだのよ。四回目でも、ぜんぜん勢いは衰えないの。びっくりよ」

「すごいのね、敬子は」

憲子が言うと、敬子は硬い表情になった。

「ごめんなさい、憲子。私のことばっかり話しちゃったわね。どうかしら。少しは参考になった？」

「ええ、ものすごく。私にはできそうもないことばかりだけど」

「あら、どうして？」

「どうしてって、私は敬子みたいに積極的じゃないからよ。確かに祐一のことは心配だけど、さすがにそこまでは」

敬子は眉をひそめた。

「ここが考えどころよ、憲子。いいの？　祐一くんの成績が、このままさがり続けても」

「そ、それは困るけど」

「高二の祐一くんにとって、一番の問題は性欲のはずよ。それは間違いないわ。憲子にだって、そのぐらいはわかるでしょう？」

「え、ええ」

「セックスのできる彼女がいるのなら、それはそれでいいのかもしれない。でも、彼にはいないわけでしょう？」

「ええ、たぶん」

一瞬、平岡雪枝の顔が浮かんできたが、憲子は無理やり振り払った。

「だったら、あなたしかいないじゃないの、祐一くんを救えるのは」

「救う？」

「私が弘樹にしたのと同じことをすればいいのよ。祐一くんには最高の救いだと思うわ。勉強も、いままで以上にちゃんとできるようになるでしょうね」

「自信ないわ。私、敬子みたいにすてきじゃないし」

憲子が言うと、敬子は怒ったような顔をした。

「何言ってるのよ、憲子。あなたは充分にすてきよ。だからこそ、祐一くんだって、あなたに欲望を感じたんじゃないの」

「ほんとにそうなのかしら。本人に聞いたわけじゃないから」

「聞いてみればいいじゃないの」

またあっさりと、敬子は言い放った。それができるくらいなら、憲子も苦労はないのだ。うつむいてしまった憲子を見て、敬子は深いため息をついた。

「ねえ、憲子。これだけは考えてみて。あなた、祐一くんに自分の下着をいたずらされて、どう思った？」

「そりゃあ、びっくりしたわ」

「ああん、そんなこと聞いてるんじゃない。うれしかったか、悲しかったか、どっち？」

いきなりの質問に、憲子は面食らった。だが、答えははっきりしていた。息子の精液に濡れた自分のパンティーを見て、憲子は不思議なうれしさを感じたのだ。

「う、うれしかったわ」

「でしょう？　私も同じ。だから弘樹にああいうことをしてあげるようになったの。それで弘樹の成績ももとに戻ったのよ。あなたが勇気を出せば、祐一くんだって、きっと同じようになるわ」

「うーん、でも、ほんとに自信がないのよ。祐一に、あなたみたいなことをしてあげられるかどうか」

「一度、見てみる？」

またわからないことを言われ、憲子は首をかしげた。

「見るって、何を？」

「私と弘樹よ。あなた、もしかしたら信用してないんじゃない？」

「そんな、信じてるわよ」

「だったら、とにかく見てみなさいよ。私とこういうことをするようになって、弘樹がどれだけ喜んでるか」

「でも、そんなこと、できるの？」

敬子はいちだんと頬を紅潮させ、小さくうなずいた。

「これからうちへいらっしゃい。弘樹は四時くらいに帰ってくるわ」

「まずいんじゃないの？　弘樹くんが納得するかしら。私に見られることなんか」

「ばかねえ、あの子に言うわけないでしょう？　あなたは家の中のどこかに隠れていて、そっとのぞくのよ。きょうはリビングでしちゃうから、廊下にいればいいわ」

憲子はまだ返事をしていないのだが、敬子はてきぱきと物事を決めていった。

すごいことになったわ。私、のぞきをすることになるのね。

緊張はしているものの、憲子はわくわくしてもいた。こうなったら、しっかりのぞいてやれ、という気分になっている。

「時間はたっぷりあるし、あとはうちで話しましょう」

デザートを食べ終えた二人は、間もなくホテルを出た。

3

「ただいま」

四時少し前、弘樹の声が聞こえてきたとき、憲子は敬子たち夫婦の寝室にいた。ここに隠れて待っているように、敬子から指示されたのだ。

敬子の家は3LDKのマンションだった。玄関を入ったところの左手に夫婦の寝室があり、右手がゲストルームで、奥にリビングと弘樹の部屋がある。

「お帰りなさい。早かったわね」

「当たり前じゃないか。早くママに会いたかったから」

「まあ、弘樹ったら」

玄関で言葉を交わしたあと、しばらく沈黙があった。二人が抱き合っているのだということが、憲子にはすぐにわかった。舌をからめ合う、ぴちゃぴちゃという音が聞こえてくる。

「ああん、もう当たってくるわ。弘樹の硬いのが」

「ママがいけないんだ。朝、あんなことするから」

「ああん、何を言ってるの？　弘樹がしてほしいって言ったくせに」

敬子ったら、朝、何をしたのかしら。

憲子には想像するしかなかったが、おそらく弘樹が興奮するようなことをしたのだろう。

「ママ、待てないよ。ここでして」

「ここで？　駄目よ。リビングまで行きましょう」

「ううん、絶対に待てない。頼むよ、ママ」

「もう、しょうがない子ね」

早くも憲子の予定が狂った。二人がリビングに入ったところで寝室を出て、廊下からリビングの中をのぞくという計画だったのだ。

ドアの外で、衣《きぬ》ずれの音が聞こえ始めた。敬子が弘樹のズボンを脱がせているのかもしれない。

「すごいじゃないの、弘樹。こんなに大きくして」

「頼むよ、ママ。早く口に」

「ふふっ、いいわよ。ああ、弘樹」

くちゅっという音がしたあと、弘樹のうめき声が聞こえてきた。廊下にひざまずいた敬子が、息子の肉棒をくわえたのだろう。

ああ、事実だったのね。敬子ったら、ほんとうに弘樹くんのあれを。

ぴちゃぴちゃ、くちゅくちゅという淫猥な音が、ドアを通してもはっきりと聞こえた。間に弘樹のくぐもった声が混じる。

「ああ、駄目だ。やっぱりさわりたい。お願い、ママのおっぱいに」

いったん音がやんだ。敬子が肉棒を解放したらしい。

「贅沢なんだから、弘樹は。あとはリビングよ。いいわね」

「うん、わかった」

ここでまた衣ずれの音が響いてきた。しばらくすると、二人が遠ざかっていく気配があった。リビングへの扉の開閉音が聞こえる。

憲子の胸の鼓動は、すっかり速くなっていた。

このまま出ていくわけにはいかないわ。少し落ち着かないと。

決して落ち着きはしなかったが、二分ほど待ってから、憲子はドアを開けて廊下に出た。

驚いたことに、そこにはズボンとブリーフが脱ぎ捨てられていた。ここで下半身裸になってから、弘樹は母と一緒にリビングへ向かったらしい。

リビングの中からは、すでに妖しい音が聞こえていた。ドアの手前で、憲子はしゃがみ込んだ。そのままの姿勢で、じっと耳を澄ます。

「ああ、気持ちいい。最高だよ、ママのおっぱい」

「ママも感じるわ。弘樹、じょうずになったわね、さわり方が」

「乳首、硬くなってきたよ、ママ」

「そうよ。ママも感じちゃってるから」

「ああ、ママ」

またぴちゃぴちゃという音が聞こえてきた。今度はフェラチオの音ではなかった。どうやら弘樹が敬子の乳首に吸いついたようだ。

一度、深呼吸をしてから、憲子はそっと右手を伸ばした。ノブに手をかけ、ドアに五センチほどの隙間《すきま》を作る。

ああ、やっぱり。

いつの間にか上半身はキャミソールだけになった敬子が、ソファーにもたれていた。肩紐が落ちて、左のふくらみがあらわになっている。

弘樹はまるで赤ん坊のように、敬子の乳首を吸っていた。

「どう、弘樹。ママのおっぱい、おいしい？」

口を使っている弘樹は答えられないものの、何度もうなずいて意思表示をしていた。そんな息子の髪の毛を、敬子がすくように撫でてやっている。

母子が見せる光景を、憲子はうっとりと眺めた。正直に言えば、うらやましさを感じた。自分も祐一と、同じことがしてみたいと思ったのだ。

十分近くも乳首を吸っていただろうか、ようやく弘樹が顔をあげた。

「ママ、きょうもあれ、してくれる？」

「ああ、あれね」

「ベッドのほうがいいよね」

「ううん、ここでいいわ。弘樹、寝てごらんなさい」

弘樹の提案を、敬子は却下した。何が起こるのかはまだわからないが、憲子に見せようとしているために違いない。

敬子が立ちあがり、三人掛けの広いソファーに、弘樹はあお向けに横たわった。股間では、ペニスが隆々とそそり立っている。

ああ、弘樹くんのオチンチン、あんなに大きくなってる。

ほとんど下腹部に貼りついた状態になった弘樹の肉棒を、憲子は圧倒される思いで眺めた。祐一がペニスを勃起させたところを、つい想像してしまう。

敬子はウエストに手をやり、するするとパンティーを引きおろした。彼女の体に残されているのは、これでもうベージュのキャミソール一枚だけだ。

その格好で、敬子はソファーに膝からあがり、弘樹の顔をまたいだ。自分の顔は、弘樹の下半身のほうに向けている。

ここまで来れば、憲子にもわかった。二人はこれからシックスナインと呼ばれる、相互口唇愛撫を行うつもりなのだ。

目の前に来た母のふとももに、弘樹は抱きついた。むっちりと量感をたたえたふとももを両手で撫でながら、ソファーからわずかに頭を浮かした。やがてぴちゃぴちゃという淫猥な音が響いてくる。

「ああ、弘樹。じょうずよ。とってもじょうず」

やるせなさそうな声をあげたあと、敬子は右手で息子のペニスを握った。突き出した舌で、張りつめた亀頭のあたりをぺろぺろと舐《な》めまわしていく。

「うーん、うぐぐ」

弘樹は鼻から苦しげなうめき声を放ったが、愛撫に手を抜いたりはしなかった。相変わらず母の秘部に向かって、舌をうごめかしている。

「すてきよ、弘樹。ママ、とっても感じるわ」

そんな言葉を口に出してから、敬子はすっぽりと肉棒をくわえ込んだ。首を上下に振り始める。

すごいわ、二人とも。母子なのに、こんなことまでしてるなんて。

驚くのとともに、憲子は激しく興奮してきた。二人を眺めたまま、無意識のうちに右手をスカートの中にもぐり込ませた。パンストとパンティー越しに、秘部に指を押し当ててみる。

憲子の体が、びくんと震えた。二枚の薄布の存在が、いまは邪魔に思えた。ほとんど本能的に、憲子は指先でパンストの生地を引き裂いた。そこから差し入れた指を、パンティーの脇から中に侵入させる。

ああ、もうこんなに。

憲子の秘部は、すでに大洪水だった。クレバスは蜜液まみれになっている。

リビングの二人は、愛撫が佳境に入っていた。二人とも口はふさがっているのだが、鼻から悩ましいうめき声をもらし続けている。

二人に後《おく》れを取るわけにはいかない、と憲子は思った。中指の先で秘唇の合わせ目を探ると、硬化したクリトリスが当たってきた。淫水をなすりつけるように、肉芽をこねまわす。

ああ、祐ちゃん。あなたもママにあんなことしてくれる？　ママはもちろんするわよ。祐ちゃんのオチンチン、いつだってお口に入れてあげるわ。ああ、祐ちゃん。

ソファーで逆さまに体を重ねた二人が、憲子の目には自分と祐一であるかのように映っていた。祐一の舌で愛撫されている気分で、指を激しくうごめかす。

「ああ、祐ちゃん」

思わず声をもらしてしまい、憲子はハッとなった。だが、リビングの二人に変化はなかった。それぞれが夢中で相手の大切なところを愛撫している。

「うーん、うぐぐ、ああっ、ママ」

突然、弘樹の言葉が聞こえた。母の秘部から口を離している。

何が起こったのか、憲子にもよくわかった。弘樹が射精したのだ。

敬子はまったく動じなかった。首の動きを止め、息子のペニスをくわえたまま、じっとしている。

憲子も指を静止させた。じっと二人の様子に目を注ぐ。

三十秒ほどが経過したころ、敬子がペニスを解放した。口腔内に残った精液を飲みくだす、ごくりという音が、廊下にいる憲子にもはっきりと聞こえた。

「ああ、いっぱい出たわね、弘樹」

「ごめん、ママ。一緒にって思ってたんだけど、我慢できなくて」

「いいのよ。とってもすてきだったわ」

「いや、駄目だよ、ママ。このままじゃ、ぼくが納得できない」

「えっ、でも」

「頼むよ、ママ。ぼく、やりたいんだ」

二人が何を言い合っているのか、間もなく憲子にもわかった。弘樹が母をソファーに寝かせたのだ。左脚を背もたれに載せ、右脚を床に投げ出させる。敬子は大きく脚を広げたことになる。

床にひざまずいた状態で、弘樹は両手を母のふとももにあてがった。秘部に向かって、顔を近づけていく。

「してくれるのね。弘樹、ママをいかせてくれるのね」

自分に聞かせたくて言っているのだということが、憲子にはよくわかった。憲子を刺激し、うらやましがらせて、祐一とうまくやるように、敬子は仕向けているのだ。

まだ祐一に何かしてやれるだけの自信はなかったが、憲子がこれまで以上に興奮してきたのは事実だった。息子の愛撫を受ける敬子を見ながら、あらためて右手に力をこめた。乱暴とも言える動作で、肉芽をこねまわす。

ああ、祐ちゃん。ママ、感じるわ。あなたの舌、ほんとうにすてき。

ソファーにいる二人が、また自分と祐一に見え始めた。祐一に舐めてもらっているつもりで、指先にいちだんと力をこめる。

「ああ、すてきよ、弘樹。ママ、もうちょっとでいきそう」

母の声に刺激されたのか、弘樹の動きがさらに急になった。ぴちゃぴちゃという淫猥な音が、いちだんと高くなってくる。

憲子も指の動きを速めた。こちらもだいぶ音が出ていたが、もう気にしている余裕はなかった。ひたすら肉芽をなぶりまわす。

「ああっ、いくわ、弘樹。ママ、いっちゃう」

ああ、祐ちゃん。ママもいくわ。ああっ、祐ちゃん。

がくがくと全身を揺すって、憲子はオーガズムを迎えた。

五秒ほど遅れて、敬子にも絶頂が訪れたようだった。体を細かく震わせている。

母を快感の極みに導いた弘樹は、まだ苦悶《くもん》の表情を浮かべている母に覆いかぶさった。二人は熱いくちづけを交わす。

ああ、したい。私もあんなふうに、祐ちゃんとキスがしたい。

快感の余韻の中で、憲子はそんなことを思いつつ、愛し合う母子を眺めていた。

第三章　少年の欲望

1

「どうしたの、ママ。大丈夫？」

駅前で待ち合わせた母の憲子に向かって、祐一は問いかけた。図書館で勉強していると母から携帯にメールが入り、駅まで迎えに来てくれと言ってきたのだ。

「ごめんね、祐ちゃん。お友だちと会ってたんだけど、気分が悪くなってしまって」

「ぼくのことはかまわないよ。勉強も終わってたし。どうする？　タクシーに乗る？」

「できればそのほうがいいわね。歩けそうもないから」

最寄り駅とはいっても、ここから家までは徒歩で十五分ほどかかる。体調が悪い母には、少しきついだろう。

タクシー乗り場はすいていて、すぐに乗ることができた。近くにあるファミリーレストランを目印に、運転手に行き先を告げる。

奥に乗った母は、祐一のほうに体をもたせかけてきた。甘いコロンの香りが漂ってきて、心配しながらも、祐一は興奮してしまった。もう何年もの間、祐一にとって母は単なる母ではなく、あこがれの女性でもあるのだ。

「ほんとうにごめんね」

あらためて詫《わ》びながら、母が祐一に腕をからめてきた。

祐一はどきっとした。右の二の腕あたりに、母の乳房が当たってきたからだ。ふくらみの柔らかさが、はっきりと伝わってくる。

まいったな。ああ、硬くなってきちゃった。

股間に血液が集まってくるのを、祐一はどうすることもできなかった。運転手に気づかれる恐れはなさそうだが、なんとなく気まずさを感じる。

「きょうはね、敬子のところへ行ってたの」

「えっ？　ああ、あのおばさんか。弘樹くん、元気だった？」

「ええ、とっても。相変わらず仲がいいのよ、あの親子は」

敬子というのは宮瀬敬子、母の高校時代からの親友だ。家にもよく遊びに来ているので、祐一もよく知っている。息子の弘樹とも、何度か会ったことがある。

「仲がいいって、どういうこと？」

「なんだかね、恋人同士みたいなのよ、敬子と弘樹くん」

「恋人同士？」

「敬子が若いせいなんでしょうね。二人でいると、ほんとうに年齢差を感じないのよ」

「ママだって若いじゃないか。ぼくたちだって、恋人同士に見えるかもしれないよ」

運転手の視線を気にしつつ、祐一は母の耳もとにささやいた。

母はほほえんでくれたが、やはり元気はなさそうだった。ありがとう、と言いながら、組んだ腕に力をこめてくる。

乳房の柔らかさが、ますます感じられるようになった。できれば二の腕などではなく、手のひらでさわってみたいところだが、さすがにそういうわけにはいかない。

歩けば十五分かかる道のりだが、ほんの五分ほどで家の前に着いた。財布を出そうとする母を制して、料金は祐一が払った。降りた母を支えるようにして、玄関に向かう。

「親父には電話したの？」

祐一の問いかけに、母は首を横に振った。

「ぼくが連絡しようか？」

「いいわよ。お仕事の邪魔はしたくないわ。ママ、寝てれば治るから」

父はいわゆる会社人間だ。朝早くに家を出ていき、帰りはほとんど深夜になる。頼りにならないよな、まったく。

そんなふうに思いながらも、祐一はべつに父に帰ってきてほしくはなかった。母と二人ですごせる時間は、自分にとって貴重なのだ。

玄関に入り、靴を脱ぐ間も、祐一はずっと母の体を支えていた。そのまま一緒にあがり、母を寝室へと導いていく。

「ごめんね、祐ちゃん。夕飯、作れそうもないから、何か取りましょうか」

「そんなこと、あとで考えればいいよ。ママ、お腹すいてない？」

「ママは食べられそうもないわ。祐ちゃん、ファミレスに行ってくる？」

「いまはまだいいよ。それより、ママはちゃんと寝ないと」

夫婦の寝室に、祐一はほとんど入ったことはなかった。それでも、父がセミダブル、母がシングルのベッドに寝ていることだけは知っていた。

セックスのときは、どうするのかな。ママが親父のベッドへ行くんだろうか？

夫婦なのだから、当然、セックスぐらいはするだろう。だが、祐一はやはりジェラシーを感じた。母には父ではなく、自分のほうを見ていてほしいのだ。

「祐ちゃん、着替え、手伝ってくれる？」

「あ、ああ、いいよ」

「スカート、おろしてほしいんだけど」

「えっ、スカート？」

二の腕が乳房に触れていたせいで、半立ち状態になっていたペニスが、この瞬間、完璧なまでに勃起した。これから何かが起こるというわけではないものの、祐一は母のスカートを脱がすことができそうなのだ。

母は自分で上着を取り、ブラウスのボタンをはずし始めた。かわいそうになるくらい、ゆっくりとした動作だった。だいぶ具合が悪いのだろう。

「まず後ろよ。ホックをはずして」

母の背中にまわり、祐一は手を伸ばした。そこについたホックをはずし、ジッパーを全開にした。その場で座り込みながら、スカートをおろしていく。

ああ、ママ。

思わず胸底で声をあげた。淡いベージュのパンストに包まれたお尻と脚が、目の前に現れたからだ。むっちりとしたふとももは、見ているだけで欲情してくる。

母の足首を片方ずつ持って、祐一はスカートをはずした。

「ストッキングも、いい？」

うっとりとふとももを眺めていた祐一は、母の声にぎくりと身を震わせた。

「い、いいけど、どうやって脱がせばいいのかな」

「簡単よ。縁を持って、ただ引きさげればいいの。ごめんね。このぐらいのこと、自分でできればいいんだけど」

「ママは何もしなくていいよ。ぼくにできることは、なんでもするから」

しゃがみ込んだまま、祐一は母の前にまわった。ウエストに手を伸ばそうとしたとき、パンストが破れていることに気づいた。

「ママ、これ、どうしたの？」

「えっ？　ああ、どこかに引っかけちゃったみたいね。もうお払い箱だわ、このパンスト」

破れていたのは、股に近い部分だった。こんなところをどこに引っかけるんだろう、と思ったが、祐一は口には出さなかった。やや緊張しながら縁に指をかけ、パンストを引きおろしていく。

意識して、指先が母のふとももに当たるように工夫した。さわれたのはほんの少しだったが、肌のなめらかさと豊かな弾力に、祐一は陶然となった。股間には、さらに血液が集まってくる。

祐一が足首からパンストを抜き取ったころには、母はブラウスを脱ぎ捨て、キャミソールの下につけていたストラップレスのブラジャーをはずしていた。これで母の体に残されているのは、キャミソールとパンティーだけということになる。

「少し寝てみるわ」

「うん、そうしなよ。熱はないかな、さわってみてくれる？」

「たぶん大丈夫だと思うけど、さわってみて、ママ」

横たわった母の額に、祐一は右手を当ててみた。少しだけ熱い気がした。

「ちょっと高いね、ママ。いま冷やすのを持ってくるよ」

キッチンに入って冷蔵庫を開けてみると、貼りつけるタイプの熱冷まし用シートがあった。すぐに寝室に取って返し、母の額にそれをあてがう。

「ありがとう、祐ちゃん。ほんとにごめんね。勝手に具合悪くなっちゃって」

「いいんだよ。ママ、喉は渇いてない？」

「大丈夫よ。ああ、おでこがいい気持ち。これならすぐに寝られそうだわ」

毛布をかけてやろうとすると、母はいらないと言った。少し暑いから、このままのほうがいいのだという。

祐一にとっては、ありがたいことだった。キャミソールとパンティーだけになった母を、見ていることができるのだから。

壁際に置かれたドレッサーのところから、祐一は椅子を引っ張ってきた。そこに座り、横たわった母をじっと見つめる。

ママ、やっぱりきれいだ。どうしてこんなにスタイルがいいんだろう？

クラスの女子の中にも、母を上まわるようなプロポーションの持ち主はいなかった。学校には一人だけ、気になる女教師がいるのだが、彼女にしても、母にかなうほどではない。

こんなチャンス、めったにあるもんじゃない。しっかり目に焼きつけておかないと。

頭のてっぺんから足の爪先まで、祐一は何度も何度も往復して母の体を眺めた。特にじっと見つめたのは、剝き出しになった白いふとももだった。このふとももに、これまでどれほど魅せられてきたか知れない。

三十分近く経過したころ、祐一はハッとなった。母の寝息が聞こえてきたからだ。安定した息づかいだった。おそらく寝入ってしまったのだろう。

ママが寝てる。しかも、こんな格好で。

祐一の胸に、邪悪な願望が湧きあがってきた。パンティーとキャミソールだけという姿で、母は眠っているのだ。

ぼくがふとももとかおっぱいとかにさわっても、ママは気づかないんじゃないだろうか。

もし目を覚ましたとしても、さっと手を放せば、見つからないで済むかもしれない。

そう考えると、どうしても実行せずにはいられなくなった。十分近く逡巡《しゅんじゅん》したが、祐一は決行することにした。一度、深呼吸してから、母の体に右手を伸ばしていく。

まず最初に触れたのは、膝より少し下の、ふくらはぎのあたりだった。肌のなめらかさを感じただけで、祐一は幸せな気分になった。胸の鼓動が速さを増すのを感じながら、その手を上にすべらせる。

人差し指、中指、薬指の三本が、間もなくふとももに到達した。指の腹から、ふとももの弾力が伝わってくる。

やった。ぼくはいまママのふとももにさわってるんだ。ああ、気持ちいい。こんなに気持ちいいものがあるなんて、信じられない。このまま一生、さわっていたい。

半ば本気で、祐一はそんなふうに考えた。それくらい、母のふとももの手ざわりはすばらしかったのだ。

「うーん」

母のうめき声に、祐一はぎくりとし、ふとももから手を放した。目覚めた様子はなかった。寝息は元どおり、安定したものに戻っている。

ずっとさわっているわけにはいかないな。どうしよう。

頭をフル回転させた結果、祐一は立ちあがった。母の様子を気にかけながら、おもむろにベルトをゆるめた。ズボンとブリーフを、足首のところまでずりおろす。

ごめんね、ママ。でも、ぼく、我慢できないんだ。こんなチャンス、もう二度とないかもしれないし。

胸底で詫びながら、祐一は座り直し、左手を伸ばした。そっとふとももに触れる。ふとももの手ざわりに酔いつつ、右手でしっかりとペニスを握った。血液を吸い込んだ肉棒は、完璧なまでに硬化している。

「ああ、ママ」

思わず声がもれた。ゆっくりと右手を動かし始める。

贅沢なオナニーだよな。ママのふとももにさわりながら、これをこするなんて。

この感激をもっと味わっていたかったが、あまりにも気持ちよすぎて、そう長くはもちそうもなかった。右手にそれほど力は入れていないが、すでに射精感が押し寄せてきている。

「駄目だ、ママ。ぼく、我慢できない」

祐一は、すべての縛《いまし》めを解き放った。左手にも力をこめ、やや強くふとももを撫でまわしながら、右手ではごしごしとペニスをこすりたてる。

「最高だよ、ママ。ぼく、もう、ああっ、ママ」

ペニスの脈動とともに、濃厚な白濁液がほとばしった。第一弾は祐一の顔のあたりまではねあがり、母のふとももへと落下していった。第二、第三弾はベッドの縁を濡らし、あとはきれいな放物線を描いて床に飛び散っていく。

快感の余韻に、祐一は酔いしれた。

だが、すぐ現実に立ち返った。いまここで母が目を覚ましたらと思うと、一瞬のうちにパニックに陥った。枕元からティッシュを取り、まず自分のペニスにあてがった。続いて床とベッドの縁を拭ったあと、母のふとももを濡らした欲望のエキスを拭き取る。

母の寝息に乱れはなかった。相変わらず眠り続けているらしい。

祐一は、ブリーフとズボンを引きあげた。あらためて母を見つめる。

ごめんね、ママ。でも、最高に気持ちよかった。きょうのこと、ぼく、絶対に忘れないよ。

眠っている母の頰に唇を押し当て、間もなく祐一は両親の寝室を出た。

2

祐一は感激の夜をすごした。母のふとももに触れながらオナニーをしたあと、結局、朝までに三回、ペニスを握ることになった。胸も体も熱くなっていて、そうしなければ眠りにつくことができなかったのだ。三時間ほどしか寝ていない。

幸いにも、母はひと晩で快復した。

「ありがとう、祐ちゃん。ママ、すっかりよくなったわ。あなたのおかげね」

父が出勤したあと、朝の食卓でそう言われ、祐一はどぎまぎしてしまった。解熱用のシートを額に貼ってあげたくらいで、実際に母のためには何もしてあげていないのだ。

ぼくが何をしたかを知ったら、ママ、気絶しちゃうかもしれないな。

内心で苦笑しながらも、母への思いがいちだんと強くなったことを、祐一は自覚していた。

学校へ出かけるとき、玄関まで送ってきた母に抱きついていきたい気持ちと、必死で闘わなければならなかった。

電車の中でも、頭に浮かんでくるのは母のことばかりだった。

気持ちよかったな、ママのふともも。すべすべで、あんなにむっちりしてて。

キャミソールとパンティーだけを身につけてベッドに横たわった母の姿が、完璧な映像となって祐一の脳裏に焼きついていた。白いふとももが、いまでも目の前に迫ってくるような気がする。

学校に着いても、祐一の興奮はまったくおさまらなかった。だが、二時限目の英語が終わったところで、少しだけ現実に引き戻された。担当教師の西田文佳から、放課後、面談室に来るように言われたのだ。

「藤村くん、このところちょっと集中力に欠けてるわね。前回の模試、とてもあなたの成績とは思えなかったわ。勉強方法とか、一度、ゆっくり話し合いましょう」

模試の成績は、確かにひどいものだった。英語で偏差値が五十を切ったのは、初めての経験だ。来週から始まる個人面談で、担任の吉岡大輔からだいぶきついことを言われるだろうと、祐一も覚悟はしていた。だが、その前に文佳に呼び出されるとは思ってもいなかった。

まあ、しょうがないよな。あんな点数を取っちゃったんだから。

少し落ち込んでいた祐一に、昼休み、クラスメートの中川浩介が声をかけてきた。浩介とは中学のときから一緒なので、わりあいになんでも話し合える仲だ。

二人で体育館に入り、二階にあがった。小さいながらも、ここには観覧席が設けられていて、雑談をするにはちょうどいい場所なのだ。

「なるほど、これを見たかったわけか」

フロアを見おろし、祐一はにっこり笑った。昼休みのほんの短い時間を利用して、チアリーディング部が練習をしていた。この部は運動部の応援をするのではなく、チアリーディングという競技のためにあるのだという。

二十人近くいるチアリーダーたちの中で最も積極的に動いているのは、同じクラスの平岡雪枝だった。雪枝も同じ中学の出身で、浩介はもともと雪枝のファンなのだ。大人びた顔と肉感的な体を持つ雪枝には、祐一もそれなりに惹《ひ》かれるものを感じている。

「雪枝のことは気になってるし、しょっちゅう練習を見に来てるよ。でも、きょうはその話じゃないんだ。まあ、雪枝にも関係してくるんだけどな」

「もったいぶるなよ、浩介。なんの話だ?」

「うん、それが、ちょっとな」

鼻のあたりを右手の人差し指でこすりながら、浩介はフロアに目を落とした。

その視線の先には、やはり雪枝がいた。超ミニのスカートをはいていて、むっちりした白いふとももを大胆にさらしている。

「俺さ、夏休み前に雪枝に迫ったんだ」

「迫った?　付き合ってくれって言ったわけか」

「そんなことは中学時代からずっとやってきたし、そろそろ本気だってところを見せようと思ってな。おまえが欲しいって、はっきり言ってやったんだ」

「す、すごいな。いきなりそこまで」

「破れかぶれって感じだよな、確かに。でも、反応は悪くなかったんだ。あいつ、付き合ってもいいわよ、なんて言いやがってさ」

「ほんとか？　おまえ、それじゃ、もう」

　祐一は焦った。べつに競争すべきことでもないのだが、浩介が自分より先にセックスを経験したのかと思うと、あまりいい気持ちはしない。

　だが、浩介は小さく首を横に振った。

「学校の帰りに、喫茶店で会ったんだ。俺は前もっていろいろ調べておいたよ。ラブホテルの場所とかな。もしラブホじゃいやだって言われた場合に備えて、シティーホテルも考えてた。タクシーで行けるところが、いくつかあるから」

「すごいな、そこまでやるなんて」

「一応の礼儀だろう？　いいって言われてるのに、場所が確保できないんじゃ、格好つかないからな」

　浩介はまたフロアに視線を落とした。雪枝が高々と脚をあげていた。もちろん下着ではないだろうが、下につけているパンティーっぽいものまでが、はっきりと見えている。

　母に夢中の祐一でも、性感を刺激される光景だった。浩介は中学のときからずっと雪枝が好きなのだから、興奮は祐一の比ではないだろう。

「でも、駄目だったんだ」

「気が変わったのか、平岡の」

「いや、そうじゃない。あいつ、最初から条件をつけてきたんだ」

「条件？」

「さすがだなって思ったよ。私を抱くのなら、絶対に満足させてね。その自信がないのなら、誘ったりしないでちょうだい。雪枝、そう言ったんだ」

十七歳の女子高生の言葉とは思えなかったが、雪枝なら言いそうだな、と祐一は妙に納得した。セックスなど、もう充分すぎるほど経験しているに違いない。

「おまえ、どうしたんだ？」

「最初は考えたさ。自信があるって言って、ホテルへ行くことをな。経験がないのがバレたとしても、とにかく雪枝を抱けるわけだから」

「そうだよな。ぼくでもたぶんそうするよ」

「だけど、それって誠意がないだろう？　俺はまだ童貞だし、あいつを満足させることなんか、できるわけがないんだから」

浩介らしいな、というのが祐一の感想だった。基本的に、浩介は筋を通したがる人間なのだ。間違ったことはしたくない、といつも言っている。

「正直に話したのか」

「ああ。雪枝、しばらくぽかんとしてたよ。俺が童貞だって告白したら」

「おまえ、堂々としてるからな。経験ぐらいあると思ってたんだろう」

「そのとおりだよ。べつに俺のことは好きじゃないけど、楽しませてくれるんならいいかなって思った。あいつ、そんなふうに言ったんだ。俺も必死で粘ったよ。初めてだけど、一生懸命、雪枝を感じさせるように頑張るって」

「真面目だからな、浩介は。普通の女なら、それで感激してもおかしくないよ」

浩介はため息をついた。自嘲《じちょう》気味な笑いを見せる。

「だけど、相手は雪枝だからな。悪いけどまたにしてちょうだい、って言われて、それで終わりだ。頼んだコーヒーも飲まずに出ていったよ」

「平岡らしいっていえば、平岡らしい話だけどな」

浩介と一緒になって、祐一もフロアに目をやった。相変わらず雪枝は積極的に動いていた。白いふとももが、あまりにもまぶしい。

「俺、さすがに落ち込んじゃってさ。夏休み、何もする気になれなかったんだ」

「だろうな。そりゃあ落ち込むだろう」

「そのまま二学期になって、まず模試だろう？　惨憺《さんたん》たるものだったんだ。大輔の数学はまあまあだったんだけど、文佳の英語が特にひどくて」

人気のある教師は、生徒からこうしてファーストネームで呼ばれることが多い。美人教師の西田文佳は断トツの一番人気だが、吉岡大輔もけっこう生徒には好かれている。

「模試の結果が出たら、さっそく呼び出しがかかったんだ、文佳から」

「あっ、おまえもだったのか」

「うん。きょうはおまえが声をかけられてたから、ちょっと気になってな」

「面談、やったのか」

「おまえに話したかったのは、実はそのことなんだ。座らないか」

二人は観覧席に腰をおろした。やや声をひそめて、浩介が言う。

「文佳がさ、なんでも話せって言うんだよな。こんなに成績が落ちるなんて、何かあったに決まってる。ちゃんと原因を突き止めないと、対策も講じられないって」

「対策と来たか」

祐一が笑うと、浩介は少しだけ怒ったような表情を見せた。

「文佳は本気で考えてくれてたんだ。俺の成績がこのままじゃ、受験もうまくいかないだろうって心配して」

「悪い。茶化すつもりはなかったんだ。それで、話したのか、平岡のこと」

「ああ。最初はある女とうまくいかなくて、なんて言ってたんだけど、結局は白状させられちまったよ。中学のころのことから、全部な」

「文佳、なんだって？」

「恋愛には口を出せないって言われたよ。そりゃあそうだよな。まさか文佳が雪枝を呼んで、俺と付き合ってやってくれ、なんて言うわけにはいかないだろうし」

冗談めかして言いながらも、浩介は少し寂しそうな顔をした。雪枝に対する思いが本気なのだということが、祐一にもよくわかった。

「文佳に聞かれたよ。教師の間でも、雪枝は遊んでるって評判なのに、それでも雪枝のことが好きなのかって」

「おまえ、好きなんだよな」

「ああ。あいつが遊んでるかどうかなんて、俺には関係ない。中一で出会ったときから、俺はずっと雪枝が好きなんだ」

「そうか。おまえ、そんなに前から」

浩介はうなずいた。

「おっと、そんな話はどうでもいいんだよ。そのあと文佳、なんて言ったと思う？」

「わからないよ、ぼくには」

「たっぷり経験してから、また平岡さんにぶつかってみればいいじゃない。文佳、そう言ってくれたんだ」

「さすがだな、文佳。彼女なら、そのぐらいのことは言いそうだ」

「俺、うれしかったよ。気持ちをわかってもらえて。でも、それで解決にはならないんだよな。経験しろって言われても、相手がいないんだから」

確かにそのとおりだ、と祐一も思った。浩介は雪枝ひと筋なのだ。セックスの経験をするためにほかの女性と付き合うことなど、絶対に考えられないだろう。

「俺、そのとおりのことを言ったんだ。そうしたら、文佳がさ」

浩介がにやりと笑った。

祐一はふたたび焦りを感じた。浩介が文佳と初体験を済ませたのか、と疑ったのだ。

「おまえ、もしかして文佳と」

「実は俺も期待したんだ。ここまで言う以上、童貞を奪ってくれるんじゃないかって。文佳のことは嫌いじゃないし、初めての相手としては理想的とも言えるからな」

もったいをつけるように、浩介はここでしばらく黙り込んだ。やがて、またゆっくりと口を開く。

「出してあげるわ、って言われたんだ」

「どういうことだよ」

「言葉どおりの意味さ。つまりは、オナニーを手伝ってくれるってことだ」

「オナニーを、手伝う？」

「ちょっと恥ずかしかったけどな、感激もしたよ」

「握ってもらったのか、文佳に」

「ああ。ズボンとパンツをおろしてな。やさしかったぞ、文佳」

文佳に恋心を抱いているわけではないが、祐一は少しだけジェラシーを感じた。

笑みを浮かべながら、浩介が続ける。

「ほんの何回かこすられただけで、出ちまったよ。なにしろ童貞だからな、こっちは」

「そうか。文佳、そこまでやってくれたのか」

「だからさ、おまえも甘えちゃえばいいんじゃないか」

「ぼくが？」

いきなり自分に話を振られ、祐一はどきっとした。

「きょう呼ばれてるんだろう？」

「うん。おまえと同じで、成績ががくんと落ちたから」

「理由はわかってるのか？　落ちた理由は」

「ぼくの場合は単純だよ。勉強してなかったってだけさ」

「原因はないのか？　勉強しなくなった原因は。俺みたいに、だれかにふられたとか」

「それはないよ」

実際には、祐一にも理由はよくわかっていた。夏休みの間、母に夢中になりすぎたのだ。ほとんど勉強もせずに、オナニーばかりを繰り返していたという自覚がある。だが、それを浩介に話す気にはなれなかった。母への思いは、まだだれにも喋っていない。

「恥ずかしいだろうけど、おまえも性欲のせいにしちゃえよ」

「性欲？」

「欲望が強すぎて、勉強が手につかないって言えばいいんだ。文佳、きっと俺と同じことをしてくれるよ」

「うーん、そうだな」

「なんだよ、文佳に興味ないのか？」

「ないわけないじゃないか。ぼくだって、文佳のことは気になってるよ」

「だったら試してみろよ。なんなら俺の話を出してもいいぞ。俺とおまえの仲がいいってことは、文佳だって知ってるはずだし」

「そうだな。考えてみるよ」

浩介の気持ちは、祐一もありがたいと思った。女としての文佳に興味を持っていることも事実だ。だが、文佳にペニスを握ってもらって白濁液を放出したとしても、それほどの満足は得られないだろう、という気がした。

ママの存在が大きすぎるんだよな。ふとももにさわっただけで、あんなに感激しちゃったくらいなんだから。

祐一の脳裏に、またきのうの光景がよみがえってきた。母のふとももに触れながらペニスをこすり、母のふとももに向かって欲望のエキスを放出したのだ。あの感激は、決して忘れることができないだろう。

「さてと、じゃあ、ちょっとだけ雪枝を眺めてから帰るかな」

浩介は立ちあがり、またフロアに目を向けた。

こいつ、ほんとうに平岡が好きなんだな。平岡も遊びなんかやめて、浩介と付き合えばいいのに。

そんなことを思いつつ、祐一も席を立った。

3

「ああ、ご苦労様。座ってちょうだい」

祐一が第三面談室に入っていくと、文佳はすでに来て待っていた。テーブルの上には、模試の資料などが並べられている。

頭をさげて腰をおろしながら、祐一は圧倒されるものを感じた。文佳が高々と脚を組んでいたからだ。濃紺のスカートの裾がずりあがって、肌色のストッキングに包まれたふとももが、かなり上まで露出している。

文佳、こんなにいい脚をしてたんだ。これならママにも負けてないかも。

股間に血液が集まってくるのを感じながら、祐一はちらちらと文佳の脚に目をやった。

「さっそくだけど、原因はわかってるの？」

顔をあげた文佳が、厳しい口調で話しかけてきた。

「は？　原因って、あの」

「成績が落ちた原因よ。一学期の模試では六十六だった偏差値が、今回は四十九よ。普通では考えられない落ち方だわ」

「はあ、確かに」

一度、大きく息をつき、文佳は脚を組み替えた。スカートの裾がさらに乱れたが、気にする様子はなかった。じっと祐一に目を注いでくる。

「気になる？」

「は？　何がですか」

「私の体よ。ここへ入ってきてから、あなた、私の脚ばっかり見てるわ」

「あっ、す、すみません」

祐一は、しまった、と思った。盗み見ているつもりだったが、文佳にはしっかりと悟られていたらしいのだ。

文佳はくすっと笑い、また脚を組み替えた。

「べつに謝る必要なんかないわ。あなたぐらいの年ごろの男の子なら、だれだって興味があるものね、女性の体には」

祐一はうつむいてしまった。答える言葉が見つからない。

「かまわないのよ、見てくれても」

「えっ？」

「私の脚に興味があるのなら、堂々と見てちょうだい」

意外な展開にとまどいながらも、祐一は顔をあげた。文佳のスカートは、相当に上までずりあがっていた。ふとももは剝き出しと言ってもいい状態になっている。

「成績が落ちた原因、それなんじゃないの？」

「それって？」

「欲望よ。藤村くん、彼女、いないんでしょ？」

「はい、いません」

「当然、オナニーに頼ることになるわよね」

男子生徒同士の話ではしょっちゅう出てくる言葉だが、文佳の口からオナニーなどという単語が飛び出してくると、不思議な淫靡さを感じた。それだけでも、祐一は股間を刺激されてしまう。

「毎日してるの？」

「は、はい」

「それ自体は、べつに問題じゃないと思うわ。でも、やりすぎると、ちょっとね」

「はあ、確かに」

夏休みのことを思い返した。祐一は最低でも一日に二回、オナニーをしていた覚えがある。毎日、間近に母を見て刺激されていたため、日によっては三回、四回と繰り返すこともあった。当然、勉強する時間は減っていく。

「これはある人の例だから、参考までに聞いてちょうだい」

「はい」

「去年の卒業生なんだけど、二年生のときに、やっぱりすごく成績が落ちたの。聞いてみたら、原因は性的な欲望だったのよ。オナニーをしすぎてたのね。一日に二回ぐらいは当たり前で、五回も六回もすることがあったそうよ」

　自分の最高を、祐一は思い返してみた。確か六回だったはずだ。

「その子とはね、計画的にオナニーをする約束をしたの」

「計画的？」

「学校から帰ったら、すぐ一回目をするのよ。落ち着いたところで、まず一時間、机に向かうの。これで最低限の勉強時間は確保できたことになるでしょう？」

「まあ、そうですね」

「晩ご飯を食べてから、さらに一時間、頑張って勉強をする。そういう約束だったわ。もしまたオナニーがしたくなっても、その一時間だけは我慢するのよ。その代わり、寝る前にはもう一度、自由にやってもいいってことにしたの」

「守ったんですか、その人は先生との約束を」

　自信たっぷりに、文佳はうなずいた。

「それから卒業まで、しっかり守ってくれたそうよ。おかげで第一志望の大学に合格できたって、すごく感謝されたわ」

「なるほど、計画的なオナニーですか」

「どう？　あなたもやってみない？」

悪くないかもしれないな、と祐一は納得した。最低限の勉強時間を確保しなければという思いは、ずっと前から持っていたからだ。

「もしやる気があるのなら、私から少しご褒美をあげてもいいし」

「ご褒美?」

「いつも自分の手で出してるだけじゃ、飽きちゃうでしょう?」

来たな、と祐一は思った。どうやら文佳は、ほんとうに浩介と同じことを祐一にもしてくれるつもりらしい。

「やります。計画的なオナニー、ぼく、やってみます」

「ふふっ、そう来なくっちゃ」

組んでいた脚をほどいて、文佳は立ちあがった。

「あなたも立って」

「は、はい」

祐一が言われたとおりにすると、狭い空間で、文佳はすっとしゃがみ込んだ。躊躇する様子もなく、祐一のベルトをゆるめた。ズボンとブリーフを、足首までおろしてしまう。

やや緊張したせいか、いったん硬くなったペニスが、いまはすっかり萎えていた。わずかに皮をかぶったような状態でうなだれている。

「すみません、先生。ぼく、なんだか硬くなっちゃって」

「ふふっ、心配いらないわ。ちゃんとこっちを硬くしてあげるから」

上から見おろしてみると、文佳の唇は肉厚で、母のものとよく似ていた。母の唇にペニスが包み込まれるシーンを、祐一は毎晩、必ず思い浮かべている。

次の瞬間、信じられないことが起こった。文佳が肉厚の唇を開いたかと思うと、右手で支えた祐一のペニスを、ぱっくりと口に含んだのだ。

「うわっ、ああ、先生」

快感もさることながら、目の前の光景に、祐一は感動した。文佳の唇は、いまや完全に母の唇に見えていた。母にフェラチオをしてもらっている気分になったのだ。

あっという間に、祐一のペニスは硬度を回復した。文佳の口の中で、むくむくと体積を増していく。

ああ、ママ。夢だったんだ。こうやって、ママに口でしてもらうのが。

文佳の顔までが、祐一には母の顔に思えた。

鼻から小さなうめき声をもらし、文佳はおもむろに首を振り始めた。唾液のせいか、ぴちゃぴちゃという音がして、それが祐一にはなんとも淫猥に聞こえた。

だが、余裕を持って眺められたのは、ここまでだった。なにしろ祐一は童貞で、口唇愛撫も初体験だったのだ。これだけの刺激に、そうそう耐えられるはずもない。

「だ、駄目だ、先生。ぼく、ぼく、ああっ」

文佳が口に含んでから、三十秒とはたっていなかっただろう。祐一のペニスは脈動を開始した。びくん、びくんと震えるごとに、先端から濃厚な欲望のエキスが噴出する。

祐一が驚いたのは、文佳がまったく動じなかったことだ。首の動きを止め、目を閉じたまま、白濁液のほとばしりをじっと受け止めている。

ペニスがおとなしくなってから一分ほどが経過し、ようやく文佳は口を離した。手の甲で口のまわりを拭いながら、ごくりと音をたてて精液を飲み込み、やや紅潮した顔で祐一を見あげてくる。

「ふふっ、たくさん出たわね、藤村くん」

「すみません。ぼく、我慢できなくて」

「いいのよ。私もそのつもりだったんだから」

もう一度、ちゅっとペニスにくちづけしてから、文佳はブリーフとズボンを引きあげてくれた。

「ひと月に一回くらい、報告してもらおうかしら」

「報告？」

「ああん、もう忘れちゃったの？　計画的なオナニーの報告よ。ちゃんとやってるかどうか、私に教えてくれなくっちゃ」

「わ、わかりました。必ず報告します」

ベルトをはめながら、祐一は約束した。

「じゃあ、まずはひと月後、楽しみにしてるわ」

「はい、先生。ありがとうございました」

深々と頭をさげて、祐一は面談室を出た。

4

学校からの帰り道、祐一は浮かれていた。

文佳に口唇愛撫をしてもらえたからではない。母にしてもらっているつもりで文佳の口腔内に白濁液を放ったことに、祐一は感激したのだ。肉棒をくわえていた文佳の顔が、母の顔となって脳裏によみがえってくる。

やっぱりぼくにはママしかいない。ほかの人とセックスしたって、たぶん面白くもなんともないだろう。ああ、欲しい。ママが欲しい。

そんな思いで家に帰ってくると、母がリビングのソファーに横たわっていた。

一瞬、また具合が悪くなったのだろうかと心配したが、そうではなさそうだった。母のお腹の上に、雑誌が置かれていたからだ。寝ころがって読んでいるうちに、眠ってしまったのだろう。

足音を忍ばせて近づき、祐一は母を眺めおろした。部屋着のワンピースの裾が、少し乱れていた。素足のふとももが、膝上十センチほどまで見えている。

「ああ、ママ」

カバンを床におろし、祐一はしゃがみ込んだ。ほとんど十センチくらいの距離から、母の顔を眺めてみる。当然のように、肉厚の唇に目が行った。先ほど、文佳の唇にペニスを包み込まれたときの光景が、はっきりと脳裏に浮かんでくる。

ママにしてもらえたら、どんなにいいだろう。口に入れてもらったとたんに、いっちゃうかもしれないな。

母とキスをしたい、と本気で思った。だが、さすがに行動には移せなかった。祐一の視線が、今度は母の下半身に向けられる。

前日、祐一は左手で母のふとももに触れながら、右手でペニスをしごきたてたのだ。

右手でもさわっておきたい、という気持ちが湧いてくるのに、それほど時間はかからなかった。うたた寝ではあるが、母の寝息は安定していた。そっとさわれば目が覚めることはないだろう、と祐一は判断した。

それでもなお慎重に、祐一は右手を伸ばしていった。まず人差し指で、そっと膝に触れてみた。少し上に移動させて、ふとももにさわる。

ああ、気持ちいい。ママのふともも、なんでこんなに気持ちがいいんだ？

指の数を二本に増やし、円を描くようにふとももを撫でた。指が三本、四本と増えていき、とうとう手のひら全体で母のふとももに触れた。

その心地よさに、祐一は陶然となった。と同時に、またきのうと同じことがしたくなった。母のふとももにさわりながら、オナニーをしようと思い立ったのだ。

もし母が目を覚ましたら、と考えなかったわけではない。実際、そんなことになったら、祐一がパニックに陥ることは間違いなかった。それ以上に、母の反応が心配だった。軽蔑《けいべつ》されてしまうに違いない。

それでも、祐一は我慢できなかった。もう一度、母のふとももに触れながらペニスを握りたい、と心の底から思ったのだ。

いったん立ちあがり、ベルトをゆるめた。まずはズボン、続いてブリーフを、足首のところまでずりさげた。あらわになったペニスは、すでに完全勃起していた。下腹部にぴたっと貼りついている。

ふたたびしゃがみ、祐一は床に膝をついた。母の寝息を気にかけつつ、右手をふとももへと伸ばした。先ほどと同じように、手のひらをいっぱいに広げたまま、母のふとももに触れた。そっと撫でまわしてみる。

声がもれそうになるのを、祐一は必死でこらえた。ここで母を起こしてしまうわけにはいかない。

いきり立った肉棒を、きょうは左手で握った。左手でオナニーをした経験が、なかったわけではない。とはいえ、利き手ではないから、動作はどうしてもぎこちないものになった。激しくこすることはできない。

それでも、すさまじいまでの快感が襲ってきた。このままこすっていれば、数分で射精することになるだろう、と祐一は思った。

もっと何かできないかな。ママが寝ている間に。

ふとももにさわるだけでも充分という気はしたが、少しだけ欲が出た。見ると、右手でふともも に触れたせいで、ワンピースの裾がずりあがっていた。ほんのかすかだが、淡いピンクのパンティーが見えている。

この向こうに、ママのあそこがあるんだな。

滝川クリステル
心まで暖める
一冊のサプリ。
幻冬舎文庫
冬の読書フェア

いましめ
官能小説

藍川京

女子大生・里奈のアルバイトは郊外に住む老資産家の話し相手。が、それは若い女を性奴隷に仕立てる嗜虐の罠だった。絶望の淵、慟哭が涕泣に変わるとき、屋敷の地下には里奈の恋人がいた。

630円

弟の目の前で
官能小説

雨乃伊織

拉致された紗耶は、ヤクザの美人局に引っかかり法外な金を要求された大学生の弟の身代わりになる決意をする。美貌の秘書が性奴隷に堕ちた陰謀とは!? ハード&エロスの大型新人デビュー作!

文庫書き下ろし

630円

女《め》王《おう》の身《み》動《じろ》ぎ 夜の飼育
官能小説

越後屋

女王様麻耶とSMバーを共同経営する樋口松蔵は、美しい麻耶を牝奴隷にすることを妄想していた。彼の望みを知った銀星会若頭の鮫島は、子飼いの緊縛師・源次に樋口の手伝いをするよう依頼する。

文庫書き下ろし

600円

人妻夜のPTA
官能小説

扇千里

「ほら、すごいメスでしょう? 獣だよね」。ダラダラと愛液をたらす白い肌、美しく淫らな尻の人妻・亜紀子。今夜もこれ以上はない快楽と嗜虐の限りを尽くして、夜のPTA活動は続く。

文庫書き下ろし

560円

女社長の寝室
官能小説

館淳一

秘書・律子は、夜になると元女子アナのレズ社長・美香を調教する。ある晩、律子に鞭をねだる美香を首輪でベッドに繋ぎ、出入りの営業マンを寝室に呼び込む。嫌がる奴隷女が、ついに男で絶頂へ。

600円

秘蜜の面談室
官能小説

牧村僚

同僚の女教師・文佳に惹かれつつも、実の姉・里香への思いを断ち切れない大輔。ある日個人面談で、教え子の母親・憲子が大輔に悩みを打ち明ける。女教師と美熟母が入り乱れる、禁断の相姦教育。

文庫書き下ろし

600円

監禁クルージング
官能小説

水無月詩歌

ボートに監禁された美玲が聞いたのは、「お前は夫に売られた」という一言だった。岸を遠く離れた海上の密室で続く、陵辱の日々。貞淑な人妻は、奴隷としてゆっくりと華開いていく——。

文庫書き下ろし

600円

公家姫調教
官能小説

若月凜

貧乏公家の勝ち気な姫・桜子は借金の形に売られ、処女のまま屈辱的な調教を受けるが、かつて思いを寄せた若侍・邦照に身請けされる。性技を仕込まれた桜子は邦照に奉仕し、二人は快楽に溺れる。

文庫書き下ろし

600円

幻冬舎ア

遭難フリーター　岩淵弘樹

23歳、借金600万。俺は何に負けてんだ？

600万円返済のため、俺は派遣労働者になった。虚しい単純労働、嘘とエロとギャンブル漬けの同僚たち、オナニーもできない寮生活……。金と生きがいを求め大都会を漂う傑作ノンフィクション。

600円

転落弁護士——私はこうして塀の中に落ちた　内山哲夫

女体と札束の誘惑に負けました。

夜の銀座で遊びたいがため、札束に目がくらみ、横領と企業恐喝の罪で実刑判決。塀の中では、卑劣な刑務所ヤクザの陰謀が待っていた。警視庁出身の元弁護士による激動の告白ノンフィクション。

630円

修羅の群れ　稲川聖城伝（上・下）　大下英治

その侠気《おとこぎ》に、愚連隊が惚れた。

昭和初期、厳しい博徒修業ののちに一家を構えた稲川角二の元には、彼の器量や人柄を慕って多くの若者が集まっていた……。昭和・平成にまたがる首領の生涯を描いた長編ドキュメンタリー小説。

各760円

歌舞伎町裏街道　久保博司

欲望にまみれた巨大歓楽街の真相！

歌舞伎町で友人のライターが忽然と姿を消した。行方を知る手がかりは、この街にある——。九〇年代後半、欲望と犯罪が蠢く巨大歓楽街で出会った人々とのエピソードをつづるノンフィクション。

文庫書き下ろし

600円

幻冬舎時代小説文庫

御家人風来抄　恋文　六道慧

贋風来屋、現る!?　田原藩士が三たび襲われた！

ひと仕事終えた同じ夜、賊に襲われた田原藩士・渡辺登を助けた弥十郎。三度にわたり起きた藩士襲撃の賊は風来屋を騙っていた。「月見の宴」に仕掛けられた罠を弥十郎は切り抜けられるのか？

文庫書き下ろし

680円

黒衣忍び人　邪《じゃ》忍《にん》の旗　和久田正明

闇の仕事人、柳生十兵衛と共闘!?

下野国早乙女藩内の廃村に、なぜか不逞の輩が集結。武田忍者の末裔・狼火隼人は、彼らの素性と狙いを探る。宿敵・柳生十兵衛も絡んだ暗闘が行き着く果てとは？　人気シリーズ、緊迫の第二弾！

文庫書き下ろし

680円

胸の鼓動が急激に速さを増してくるのを感じながら、祐一はふとももから手を放した。中指と人差し指の二本だけを、母の股間に移動させる。

震えそうになるのを必死でこらえ、指をパンティーの上に這わせた。下にあるヘアの感触が、はっきり伝わってきた。薄布がふわふわと浮いている感じだ。

もう少し下までさわれたらな。

祐一はそう思ったが、無理そうだった。膝はわずかに開かれているものの、脚の付け根はほとんどぴたりと閉じられていたからだ。こじ開けるようなことをすれば、母は間違いなく目を覚ましてしまうだろう。

だが、ここで信じられないことが起こった。小さなうめき声とともに、母が少しだけ脚を広げたのだ。パンティーの股布が、完全に祐一の視界に入ってくる。

心臓がいまにも爆発するのではないかと思えるほど、鼓動が激しくなった。どきん、どきんという音が、祐一の頭の中で大きく響いている。

一つ息をついてから、祐一は指先に意識を集めた。パンティーの上にあった指を、下に移動させる。ヘアの感触は消え、薄布の向こうに地肌があるのがわかった。

このへんに、きっと割れ目があるんだろうな。ああ、入れたい。ママのここに、ぼくの硬いのを。

祐一だって、女性器の構造くらいは知っていた。インターネットで実物の画像を見たこともある。だが、母の性器となると、ほかの女性のものとはまったくの別物だった。祐一にとって、夢の存在なのだ。

いつか自分のペニスをここに挿入することを夢見ながら、祐一は指先を繊細にうごめかした。淫裂の形をなぞるように、上下に動かしていく。

その間も、左手ではペニスを握っていた。ただし、こすったりはしなかった。握っているだけで、充分な快感が得られたからだ。いまは射精したいという気持ちは消えていた。パンティー越しとはいえ、母の性器に触れているのだから。

何分が経過しただろうか、祐一は異変を自覚した。指先に、ぬめりのようなものを感じたのだ。それでもかまわずに指をうごめかしていると、感覚はいっそうはっきりしてきた。パンティーの表面が、間違いなくぬるぬるしてきている。

セックスの経験がなくても、女性が感じてくれれば濡れることぐらい、高校生の男子にとっては常識だった。

ママ、感じてるってこと？

眠っているはずの母に、祐一は胸底で問いかけた。

もちろん、返事はなかった。それでも、パンティーの表面は確かに濡れていた。内部から、粘着性のある液体が湧き出てきている。

　男だって朝立ちする。つまり、寝ていても感じちゃうことがあるんだ。ママも眠りながら、感じてくれたのかもしれない。ってことは、ぼくがママを感じさせたんだ。

　祐一は、これまでに味わったことのない喜びを覚えた。母が気づいていないとはいえ、パンティーの上から指で愛撫し、どうやら母を感じさせることができたようなのだ。

　ああ、脱がせてみたい。パンティーを脱がせて、ママが濡れたところ、この目ではっきり見てみたい。

　真剣にそう思ったが、そこまでする勇気はなかった。パンティー越しとはいえ、母の性器に触れるだけでも大変なことなのだ。パンティーをはぎ取ったところで母が目覚めたら、どう言いわけしても許してもらえるとは思えない。

　我慢しよう。ママが感じてくれただけで充分だ。きょうはここまでで我慢しよう。

　なおもしばらく母の秘部をパンティー越しに撫でてから、祐一は指を離した。もう一度、むっちりしたふとももに手を触れ、ゆっくりと立ちあがる。

　足首におりていたブリーフとズボンを、ウエストまで引きあげた。これ以上続けていると、母が目を覚ましそうな気がしたからだ。

　指先に残ったぬるぬるした感触、それにふとももの手ざわりを思い出しながら、あとは部屋でオナニーをすればいい。

祐一はそう考えたのだ。

母の全身を見おろすと、祐一の胸にいとおしさがこみあげてきた。

「好きだよ、ママ。ぼく、ママが好きだ」

上体を倒し、母の額に軽く唇を押し当ててから、祐一はまた足音を忍ばせて、その場を離れた。

第四章　女生徒の挑発

1

「ごめんなさいね、先生。勝手にこんなところへ呼び出したりして」

藤村憲子に頭をさげられ、大輔は首を横に振った。

きょうは土曜日で学校は休みだが、実は大輔のほうも、憲子に会いたいと思っていたのだ。まずはその旨を告げる。

「俺もお会いしたかったんですよ、奥さんに」

憲子はくすっと笑い、ゆっくりと脚を組んだ。

きょうの憲子は、色は地味だが、花柄のワンピースを着ていた。そのワンピースの裾が、だいぶずりあがった。ミニ丈ではないのだが、薄いベージュのストッキングに包まれたふとももが、少しだけ露出してきている。

いい女だ。藤村が刺激されるのも無理はない。

納得したように、大輔は小さくうなずいた。

ここはシティーホテルの一階にある喫茶室。時刻は午後四時。チェックインをする人が列を作っているが、喫茶室はわりあいにすいている。

注文したコーヒーが届いたところで、大輔はひと口すすった。目の前に座った美しい人妻に、まっすぐ視線を向ける。

「きのうで親御さんとの面談が終わりまして、来週から生徒の個人面談なんです。祐一くんは火曜日なんですが、その前に奥さんと話がしたいと思ってました」

「私もどうしても先生にお話ししておきたいことがあるんです。少し迷ったんですけど」

憲子の前にはジンジャーエールのグラスが置かれていた。ストローで飲んだあと、わずかに紅潮した顔で大輔を見つめてくる。

「私のほうが先で、いいかしら」

「もちろんです。どうぞ」

「面談で先生のお話をうかがって、正直、ショックでしたわ」

息子の祐一が自分の下着をいたずらするという話を、憲子は自分からしてきた。

そこで大輔は、彼が興味を持っているのは下着そのものではなく、母親の体なのだと話してやった。大輔は姉にあこがれていたため、祐一の気持ちがよくわかったのだ。

「先生のお言葉、正しいことがわかりました」

「ほう、そうですか。お確かめになったんですか、本人に」

「ううん、さすがにそこまではできなかったわ。私、芝居を打ってみたの」

「芝居？」

「笑われちゃいそうだけど、そうなんです」

憲子はくすっと笑った。

妖艶さが漂ってくるような笑い方だった。大輔はすでに欲情しかけている。

「どんな芝居を打たれたんですか」

「お友だちと会ったあと、具合が悪くなったふりをして、学校の帰りに祐一を駅まで呼び出したんです。あの子、すぐに来てくれて」

ここで言葉を切り、憲子はまたジンジャーエールを飲んだ。先ほどよりも、顔がいちだんと上気してきている。

「タクシーで家に帰って、あの子、私を寝室まで連れていってくれました。そこで頼んでみたんです。服を脱ぐのを手伝ってくれって」

「へえ、それはすごいな」

「ほんとうに私が体調を崩したと思ってたわけだから、言われたとおりにやってくれましたわ。スカートを脱がせて、それからパンストを」

「パンストもですか」

憲子はうなずいた。いつの間にか、目が潤みを帯びている。

「ちゃんとおろしてくれたんですけど、その間にあの子、しっかりふとももにさわってきました。お尻にも」

「感激しただろうな。あこがれのお母さんの体に、とうとうさわれたんだから」

「さあ、どうでしょうか。私、キャミとパンティーだけで、ベッドに横になったんです」

「ブラジャーはなさってなかったんですか」

「先にはずしたのよ。ストラップのないやつをしてたから」

憲子の言葉が、だんだんとくだけてきた。ため口に近くなっている。

「じゃあ、おっぱいも透けて見えてたのかな。キャミソール越しに」

「ふふっ、まあね」

「興奮しただろうな、祐一くん」

大輔のほうも、できるだけ丁寧語をやめるようにした。これでほぼ対等だ。

「あの子、最初はほんとうに心配してくれてたのよ。熱があるんじゃないかって言って、おでこに熱冷ましのシートを貼ってくれたり」

「でも、奥さんの体を見てたんでしょう？」

憲子は首肯した。

「私が横になったら、ドレッサーのところにあった椅子を持ってきて、前に座ったの。もちろん心配もしてくれてたんでしょうけど、視線は痛いほど感じたわ」

「当然、我慢できなくなったわけですね」

「よくわかるわね、先生」

「べつにその日に限ったことじゃない。彼は毎日、たまらなくなってると思うな。なにしろ、奥さんのそのすてきな体が、いつもそばにあるわけだから」

じっと見つめて言ってみると、憲子の目がいちだんと潤んできた気がした。

「そのうちにね、あの子、とうとう私の体にさわってきたの」

「ああ、やっぱり」

「最初はおっぱいに来るかと思ったんだけど、違ったわ」

「お尻ですか」

「ううん。それがね、なぜかふとももだったの」

大輔は大きくうなずいた。憲子が魅惑的なふとももの持ち主であることを、彼も知っているからだ。

「ずっとさわりたかったのかもしれないな、奥さんのふとももに」

「よくわからないけど、とにかく一生懸命、ふとももにさわってたわ」

「正直に言ってくださいよ。奥さんも感じちゃったんでしょう？」

少しからかいを含んだ大輔の言葉に、憲子は素直にうなずいた。

「そのとおりよ。さわられてるうちに、私、濡れちゃったわ」

「誘ったんですか、祐一くんを」

「まさか。そこまではできないわよ。やっとの思いで芝居をしてたんだから」

憲子はグラスを手に取った。喉が渇いて仕方がないのかもしれない。

「そのあとのことよ、先生にお話ししたかったのは」

「当ててみましょうか。とうとう抱きついてきたのかな？」

「ふふっ、残念でした。あの子だって、たぶんそこまでする勇気はないのよ。だけど、けっこうすごいことをしたのよ。私のふとももにさわりながら、自分でしたんだから」

「自分で？　つまり、オナニーですか」

これ以上は無理というくらいに顔を赤くして、憲子はうなずいた。

「奥さん、見てたんですか」

「よくは見えなかったわ。薄目を開けてたけど、祐一は寝てると思ってるわけだし」

「偉いな、奥さんは。ちゃんと向こうの気持ちまで配慮して」

「そんなの当たり前よ。でも、すごかったわ。いま思い出しても、どきどきしてくる」

大輔は祐一の気持ちを想像してみた。あこがれの女性の体に触れながらのオナニー。大感激だったに違いない。

「出すところまで、やったのかな？」

「ええ、そうよ。『ママ』って叫びながら、出したわ。最初に飛び出したのは、私のふとももに落ちてきたの」

「奥さんのふとももに？」

「ええ。火傷《やけど》しそうなくらい熱かった」

「ああ、奥さん」

大輔もすっかり欲情させられてしまった。ズボンの前が窮屈になっている。

「私、起きあがって祐一を抱きしめたかったわ」

「すればよかったじゃないですか」

「駄目よ。やっぱりできないわ、そんなこと」

「ティッシュで拭いてくれたわ。ふとももに落ちた精液をね」

母のふとももを拭っている祐一の心情を、大輔は想像してみた。感動を覚えつつ、とんでもないことをしてしまったという、後悔にさいなまれていたかもしれない。

「寝室を出ていく前にね、あの子、言ってくれたのよ。ママ、好きだよ、って」

「そこでもチャンスはあったのにな。祐一くんを抱きしめるチャンスが」

憲子は素直にうなずいた。

このときになって、祐一に対して羨望《せんぼう》を抱いていることに、大輔は気づいた。ずっと姉にあこがれていながら、大輔は姉に対して何も行動を起こせなかったのだ。憲子のほうが機会を作ってくれたとはいえ、祐一の勇気がうらやましく思える。

「翌朝は、さすがに恥ずかしかったわ」

「でしょうね」

「テーブルで向かい合っただけで、私、なんだか感じてしまって」

「奥さん、もうすっかりその気になってるんですね。祐一くんに抱かれてもいいって」

「うーん、どうかしら。難しいのよね、そのへんが」

憲子は頬に右手をあてがい、苦悩の表情を見せた。実際、悩んでいるのだろう。

「祐一くんのほうはどうなのかな。抱きついてきたり、しませんか」

「そういうことはないんだけど、私、次の日もやっちゃったのよ」

「やっちゃった？」

「芝居よ。祐一が帰ってきたとき、ソファーでうたた寝をしているふりをしたの」

大輔はその光景を思い浮かべてみた。あこがれの母が無防備な格好で寝ているのを見たら、祐一はまた欲情したに違いない。前の晩、彼は母のふとももに触れながらオナニーをしたのだ。同じことをしたくなったとしても、まったく不思議はない。

「祐一くん、またしたんですね？　奥さんの体にさわりながら」

「ええ。しばらく迷ってたみたいだけど、やっぱり手を伸ばしてきたわ」

「さわったのは、ふとももですか」

「最初はね。そのうちにズボンとパンツをおろして、あれを握ったようだったわ。でもね、今度は出したりはしなかった。あの子、別なことをしたのよ」

憲子は少しだけ遠くを見るような目になった。頰は紅潮したままだ。

「私のあそこにさわってきたの。もちろん、パンティーの上からだけど」

「すごいな。奥さん、感じちゃったでしょう」

「感じたなんてもんじゃなかったわ。体がカッと熱くなったの。子宮の奥がうずいてきて、濡れてくるのが自分でもよくわかった」

「欲しくなったんじゃないんですか。祐一くんの硬いのが」

喫茶室でするような話でないことは、大輔にもよくわかっていた。そろそろ部屋を取って憲子を引っ張り込もうか、という気分になっている。

「それを先生にご相談したかったのよ。これからあの子とどうしたらいいか」

「ここまで来たら、もう悩む必要はありませんよ。何もしなかったら、祐一くんがかわいそうじゃないですか。ますます成績が落ちちゃうかもしれないな」

「でも、怖いのよ、のめり込んでしまいそうで。そうなったら、祐一の成績だって、どうなるかわかったもんじゃないわ」

大輔は首を横に振った。

「欲望が満たされずに、悩んでオナニーをしてるときとは違いますよ、奥さん。きちんと発散できたら、勉強する意欲が湧くんじゃないかな」

「ほんとにそう思う?」

「ええ。俺にも経験がありますから」

「聞かせて、先生。どんなご経験があるの?」

「ずっと姉に夢中だったことは話しましたよね」

「うかがったわ。でも、お姉さんとは何もなかったって」

「そうなんですよ。実は高校二年のとき、別な女性と初体験をしたんです」

あの日のことが、大輔の頭の中に鮮やかに浮かんできた。姉のパンティーを手にオナニーをしていたところへ、文佳が入ってきたのだ。

「当時の俺、いまの祐一くんと同じだったかもしれない。姉のことが気になって、少し勉強がおろそかになってたんですよ」

「オナニーをしすぎてたのね、先生も」

そのとおりだった。最低でも一日に二回はしていた覚えがある。

「でも、落ち着いたんですよ。セックスを体験したあとは、ちゃんと勉強もするようになったんです」

「そのお相手とのセックスに、夢中になったりはしなかったの？」

大輔はまた首を横に振った。

「一回限りだったんですよ、その人とは」

「まあ、ほんとに？　逆に欲望が強くなったんじゃないの？　一度しただけじゃ」

「俺も意外でしたけど、それはなかったですね。強い欲望はおさまったんです。一回、セックスをしただけで」

事実だった。姉への思いは変わらなかったし、文佳への恋心も芽生えてはきたが、初体験のあと、精神的にはいっぺんに落ち着いた記憶がある。

「祐一くんも、きっとそうなりますよ。大好きなお母さんと初体験ができたら、間違いなく成績は戻ります。あとは奥さん次第なんじゃありませんか」

「そうかもしれないわね。まだ勇気が湧いてこないけど、頑張ってみるわ、私」

宣言する憲子を見て、大輔はまた祐一にうらやましさを感じた。

俺だって、やっぱり初体験は姉さんとしたかったんだよな。

そうは思うものの、文佳に対しても、大輔は感謝の気持ちを持っていた。あのまま悶々としていたら、勉強などまったく手につかなくなっていたに違いないからだ。

「私のお話はこれだけよ。先生のお話っていうのは？」

「俺のほうは、もう解決です」

「解決？」

「奥さんがまだ何もしてないようだったら、個人面談のとき、祐一くんに話してみようかと思ってたんです。奥さんのことをね」

「まさか、下着のことを私に相談されたなんて、話す気じゃないでしょうね」

少し不安そうに、憲子が言った。

「そんなことしませんよ。おまえのお母さん、セクシーだな。もしかしたら、ズリネタにしてるんじゃないか？　そんなふうに言ってやるつもりだったんです」

「ズリネタって？」

「ああ、オナニーのときに思い浮かべる女性のことですよ。祐一くんにとっては、あなたがズリネタってわけです」

憲子は恥ずかしそうに笑ったが、そこにはうれしさがにじみ出ていた。もう間違いない。彼女は息子に抱かれる気になっているのだ、と大輔は思った。

ここまで興奮させられたんだ。この奥さんに責任を取ってもらわないとな。

大輔がそう考えたとき、憲子がバッグから何かを出してテーブルの上に置いた。それがこのホテルのカードキーであることは、大輔にもすぐにわかった。

「奥さん、これは」

「最初からそのつもりだったのよ。先生に責任を取っていただこうと思って」

「責任？」

自分が考えていたことを先に言われ、大輔は啞然とした。

「面談で先生のお話をうかがわなかったら、私がこんな気持ちになることはなかったわ。ねっ、先生。ちゃんと責任を持って、私の欲望を満たしてちょうだい」

「それはこっちのせりふですよ、奥さん。こんなに刺激したんだから、奥さんのほうこそ、責任を取ってもらいたいな」

「じゃあ、いいのね？」

大輔はうなずいた。憲子のほうへ身を乗り出す。

「また祐一くんになればいいんですね、俺が」

意外にも、憲子は首を振った。

「きょうは先生のままでいいわ。一人の男性として、私を抱いて。もし一人の女として、私に興味があるなら」

「わかりました。行きましょう」

伝票とカードキーをつまみあげ、大輔は席を立った。

2

「ああ、先生。感じるわ、とっても」

大輔はすでに裸になっていた。憲子のほうは下着姿だ。息子の前で具合が悪くなったふりをしたという憲子の話を聞いて、大輔は彼女にそのときの格好をさせてみたくなったのだ。

ストラップレスのブラジャーをはずし、大輔は背後から憲子の肩を抱いた。首筋に唇を押し当てる。

大輔は、そのまま床にしゃがみ込んだ。パンティーに包まれたお尻から、剝き出しになったふとももにかけて、両手でゆっくりと撫でまわす。

肌にはしっかりと張りがあり、なめらかな手ざわりだった。ふとももは豊かな弾力に満ちている。

たっぷりふとももにさわってから、大輔はウエストに手をすべりあげた。縁に指をかけ、パンティーを引きおろしていく。後ろから見ているので、お尻があらわになっていくさまが、なんとも刺激的だった。

「すごく濡れちゃってるのよ、先生。恥ずかしいわ」

足首から抜き取ったパンティーを、大輔は目の前で広げてみた。股布の部分は、確かに淫水まみれになっていた。すでにクレバスは洪水ということらしい。

パンティーを床に置いて立ちあがった大輔は、思いきって憲子の体を抱きあげた。広いベッドに寝かせ、自分も添い寝する形で身を横たえる。

唇を合わせ、ねっとりと舌をからめ合いつつ、大輔は右手をおろした。ふとももに這わせた指先が、間もなく股間にあてがわれた。中指の腹の部分を使って、淫裂を縦に撫であげてみる。

鼻から悩ましいうめき声をもらし、憲子はびくんと体を震わせた。

唇を離した大輔は、憲子の下半身方向へ体をずらした。脚を開かせておいて、その間で腹這いの姿勢をとる。

両手で下からふとももを支えるような格好で、大輔は顔を秘部に近づけていった。密集したヘアの向こうで、薄褐色の秘唇が息づいている。

肉びらは、大きく広がっていた。しかも、あふれ出た蜜液でべっとりと濡れている。

突き出した舌先で、大輔は淫裂を縦になぞった。何度かそれを繰り返したあと、舌を秘唇の合わせ目にあてがった。硬化したクリトリスが、心地よく当たってくる。

「あっ、駄目。駄目よ、先生」

そう言いながらも、憲子は大輔の舌を振り払ったりはしなかった。むしろ自分のほうから腰を突きあげて、肉芽を舌にこすりつけてくる。

つんつんとつつくようにクリトリスを愛撫したあと、今度は舌先を回転させた。肉芽をなぶりまわしていく。

憲子の体には、断続的に震えが走っていた。声もひっきりなしにもれてくる。

ふとももにあった左手を、大輔は自分の顔の下に持ってきた。手のひらが、ちょうど顎《あご》を支える格好だ。そこから中指一本を突き出した。そのまま淫裂に突き入れる。

上になった指の腹に、細かい肉襞が当たってきた。

憲子は悲鳴に近い声をもらし、全身をぴくぴくと細かく痙攣させた。

「す、すごいわ、先生。私、おかしくなっちゃいそう」

かまいませんよ、奥さん。もっともっとおかしくなってください。

舌の動きを止めずに、大輔は指を前後に動かし始めた。直角に交わった肉襞を、こそげるような愛撫だ。

「ああ、どうしましょう。これ、ほんとにすごい。私、もう」

憲子は両手を乳房にあてがった。キャミソールの上から、乱暴な動作でふくらみをこねまわしている。

舌と指に、大輔は神経を集めた。くちゅくちゅ、ぴちゃぴちゃという淫猥な音が、部屋いっぱいに響きわたる。

「だ、駄目よ、先生。私、ああっ」

突然、憲子はベッドから腰を宙に突きあげ、がくん、がくんと全身を揺らした。下におろした両手で、秘部から大輔の顔と手を振り払う。

大輔は抵抗しなかった。ベッドに膝立ちになって、憲子のお尻がゆっくりとベッドに落下していくのを見つめる。

憲子は目をぎゅっと閉じ、苦悶の表情を浮かべていた。呼吸も相当に荒い。

五分ほどが経過し、ハッとしたように憲子が目を開けた。照れ笑いを浮かべながら、大輔のほうを見つめてくる。

「ひどいわ、先生。私だけ、いかせてしまうなんて」

「奥さんが言ったんじゃないですか。ちゃんと責任を取れって」

「そりゃあ、そうだけど」

「どうですか？　俺、責任を果たせましたかね」

「もちろんよ、先生。とってもすてきだったわ」

憲子が両手を伸ばしてきた。

大輔は憲子に覆いかぶさった。自然に唇を重ね、ねっとりと舌をからめ合う。

「今度は私が責任を取る番ね」

唇を離すと、少しおどけた調子で憲子が言った。

「そうですね。どうやって取ってくれるのかな」

「先生のお好きなように。どうすればいい？」

「俺、口に出したいな」

実は初めて会ったときから、大輔はそれを考えていた。憲子の肉厚の唇が、姉の里香や文佳の唇に似ていたからだ。

「お安いご用よ」

くすっと笑って、憲子は上体を起こした。大輔を寝かせ、脚を開かせておいて、今度は自分がその間で腹這いになる。

ああ、やっぱり似てる。奥さんの唇、姉さんや文佳さんの唇とそっくりだ。

その唇の間から舌を突き出し、憲子は愛撫を開始した。まずは肉棒の裏側を、すっと縦に舐めあげる。

四回、同じことを繰り返してから、憲子は肉厚の朱唇を大きく開いた。屹立した肉棒を、すっぽりと口にくわえ込む。

「ううっ、ああ、奥さん」

快感を覚えるのと同時に、たった一度だけ文佳がしてくれたフェラチオを、大輔は思い出した。童貞の敏感さが災いして、あのときはあっという間にペニスを暴発させてしまったのだ。文佳が精液を飲んでくれた感激は、いまも忘れていない。

文佳さんもすてきだったけど、姉さんにもやってほしいって、いつも思ってたんだよな。

姉から口唇愛撫を受けることは、ずっと大輔の夢だった。おそらく実現することはないだろうが、いまだに会って姉の唇を見ると、そこに自分のペニスが包み込まれたシーンを想像してしまう。

でも、そろそろ姉さんのことは完全に振り切らないとな。そうでないと、文佳さんを好きになる資格がない。

脳裏から姉の映像を追い出し、大輔は文佳のイメージを憲子に重ねた。徐々に文佳にフェラチオをされているような気分になってくる。

いま好きな人はだれかと言われれば、大輔は間違いなく文佳の名前を挙げるはずだった。だが、はっきり言って文佳は大輔を相手にしていない。大輔の姉への思いを、文佳は知っているからだ。

俺もほんとうは、こんなことしてる場合じゃないんだ。ほかの女にうつつを抜かしてないで、もっと真剣に文佳さんにアタックするべきなんだろうな。

胸中で反省をしながらも、大輔の欲望は差し迫ったものになりつつあった。憲子の愛撫がきわめて巧妙なせいだろう。

「奥さん、脚をこっちへまわしてください。俺も舐めたい」

大輔の意図を、憲子はすぐに理解したようだった。ペニスを口に含んだまま、ゆっくりと体を回転させ始める。

二分ほどかけて、憲子はすっかり逆さまになった。大輔の頰の横に両膝をつき、秘部を顔に押しつける格好になっている。

目の前に来たふとももを両手でしっかり抱きしめながら、大輔はベッドからわずかに頭を浮かした。ぐしょ濡れになった憲子の秘部に、繊細に舌を這わせていく。

肉芽に舌先が触れると、憲子はびくんと体を震わせた。鼻から小さな悲鳴をもらす。

ふとももから左手を放し、大輔は中指を淫裂に突き入れた。もう一度、肉洞内の肉襞と肉芽、二カ所の同時愛撫を試みる。

「うーん、うぐぐ、むぐぐぐ」

苦しそうにうめきながらも、憲子は決してペニスを解放しようとはしなかった。これまで以上に激しく首を振って、肉棒を刺激してくる。

ああ、これはすごい。出てしまう。

大輔は快感に身を任せた。

間もなくペニスが脈動を開始した。煮えたぎった欲望のエキスが、憲子の口に向かって噴出する。

その直後、憲子の体もぶるぶると激しく震えた。ほぼ同時に、憲子ものぼりつめることができたらしい。

一分ほどしてから、憲子は肉棒を解放した。口内に残った精液を飲み込む、ごくりという音が、大輔の耳にも聞こえてきた。

いったん起きあがった憲子は、あらためて大輔の隣に添い寝した。顔は上気したままだ。

「すごかったわ、先生。二回もいかされちゃうなんて」

「奥さんもすてきでしたよ。飲んでくださったんですね」

「責任、取れた？」

「もちろん。次は祐一くんのを飲むのかな？」

「もう、先生ったら、意地悪なんだから」

そう言って大輔の胸を叩きながらも、なんだか憲子はうれしそうだった。

3

「吉岡先生、ちょっといいかな？」

月曜日の昼休み、大輔は国語教師の田辺から声をかけられた。田辺は生徒の生活指導主任でもある。

「はい、なんでしょうか」

「少し込み入った話なんだ。教頭が出張中だから、あそこを使おうか」

田辺にうながされて、大輔は教頭室に入った。かなり豪華なソファーセットに、二人は向かい合って腰をおろした。

「きょう平岡雪枝の個人面談が入ってるだろう？」

「はい。彼女は最後だから、五時ごろからになります」

「西田先生から聞いてるよね、平岡のこと」

苦虫を噛《か》みつぶしたような表情をして、田辺が言った。

「ああ、カラオケボックスの件ですね」

「うむ。すでに四回、私が目撃してるんだ」

「四回もですか」

文佳は確か三回と言っていた。あれからまた一度、雪枝は田辺に見られたらしい。

「ただカラオケを楽しんでるだけなら、べつに問題はないんだ。だが、きみも知ってるとおり、このごろは歌以外の目的でカラオケボックスを使うやつらが増えていてね」

「はあ、そうらしいですね」

「平岡の場合は、まさにそのようなんだ。あいつはどうやら大学生と付き合っているらしくてね」

恋愛ぐらい、自由にさせてやればいいのに。

これが大輔の本音だった。とはいえ、それをここで言うわけにはいかない。

「吉岡先生には、平岡にそれとなく注意してやってほしいんだ。それとなくね」

「お父さんの関係ですね、彼女の」

「ああ。普通じゃない寄付をしてもらってるんでね。処分などしたら、きっと娘にここをやめさせて、ほかの学校に移してしまうよ」

金と権力にはかなわない、ってことか。

少し不愉快だったが、大輔も抵抗する気はなかった。というより、こういうことにもともと興味がないのだ。

「わかりました。問題のない程度に注意しておきます」

「頼むよ。お父さんから抗議が来ない範囲でね」

確認するように言って、田辺は出ていった。

入れ代わりにドアが開いて、文佳が入ってきた。大輔の正面に腰を沈める。

大輔はどぎまぎした。文佳が高々と脚を組んだからだ。濃紺のスカートの裾がずりあがって、薄手の黒いストッキングに包まれたふとももが、だいぶ上まで露出している。

「ど、どうしたのさ、文佳さん」

「元気づけに来たのよ。平岡雪枝と対決する前にね」

「対決は言いすぎでしょう。俺、べつに争う気はないし」

「なめちゃ駄目よ、大ちゃん。向こうは百戦錬磨なんだから」

「百戦錬磨？」

ふっとため息をつき、文佳は脚を組み替えた。裾がさらに乱れた。ぴったり閉じ合わされた内ももの奥に、小さな白い三角形がのぞいた。パンティーの股布だ。

文佳さんのパンチラか。刺激的だな。

ついうっとりと、大輔は文佳の下半身を眺めてしまった。股間には、急激に血液が集まってくる。

「こらこら、どこ見てるの？」

「えっ？　あっ、ご、ごめん」

「ふふっ、まあ、大丈夫そうね。そのぐらいリラックスしてれば」

「ねえ、教えてよ、文佳さん。平岡が百戦錬磨って、どういうこと？」

「どうもこうもないわ。あの子は遊んでるってことよ。男の扱いに慣れてるって言ったほうがいいかな。気を抜いてると大ちゃんもやられちゃうかもな、って心配してたの」

「やられちゃうって、そんな」

「とにかく、油断しないでね」

文佳は組んでいた脚をほどいて立ちあがった。ソファーのこちら側にまわってくると、いきなり大輔の頬にちゅっとキスをして、そのまま部屋を出ていった。

「ふ、文佳さん」

このあいだ手を握られたときと同じで、胸を熱くしながらも、大輔はただ文佳を見送るしかなかった。

しばらくの間、大輔はぼうっとなって座り続けた。

俺、やっぱり文佳さんが好きだ。姉さんのこと、たぶんもう吹っ切れてる。もう一度、本気でぶつかってみるべきなんだろうな。

それから十分ほどして教頭室からは出てきたものの、午後の授業の間も、大輔はずっと文佳のことばかり考えていた。姉への思いがくすぶっていたとはいえ、この九年間、文佳への気持ちはまったく変わらなかったのだ。

俺には充分、文佳さんと付き合う資格があるよな。

大輔はそう結論を出した。

そして放課後、三人の面談を順調に済ませたあと、いよいよ平岡雪枝の番になった。

少し不機嫌そうな顔をして面談室に入ってきた雪枝は、どすんと音をたてて大輔の正面に腰をおろした。

大輔は最初から圧倒されていた。ウエストのところで調節しているらしく、雪枝は制服のスカートを超ミニにしてはいているのだ。紺色のハイソックスがふくらはぎまで覆っているものの、白い素足のふとももが剝き出しだった。

「先生、興味あるの？」

大輔が何か言う前に、雪枝がひと言、唐突につぶやいた。

「な、何がだ？」

「私の体だよ。さっきから、ちらちら見てるじゃない、私の脚」

「あっ、ごめん。そんなつもりは」

「いいんだよ、謝らなくたって。興味を持ってくれたんなら、私だってうれしいし」

にっこり笑い、雪枝は脚を組んだ。スカートの裾が、さらにずりあがった。むっちりした内ももの奥には、ピンクのパンティーまでものぞいている。

駄目だ、駄目だ。こんなことしてる場合じゃない。

大輔は、必死で雪枝のふとももから目をそらした。まっすぐに雪枝と向かい合う。

「最初に話しておきたいんだ。生活指導のほうから、言われてることがあって」

「ああ、カラオケボックスのこと？」

「なんだ、わかってたのか」

「そりゃあわかるよ。田辺の顔は、見飽きるぐらい見てるもん」

雪枝は生活指導主任の田辺を呼び捨てにした。たぶん自分のことも吉岡って呼んでるんだろうな、と大輔は思った。不思議なことに、それがいやではなかった。

「俺はよくわからないんだが、生活指導の先生たちによると、歌を歌うために行くんじゃないそうだな」

「気をつかわなくていいよ、先生。そのとおりだから。相手にお金がないとき、ラブホの代わりに使ってるんだよ、ボックスを」

悪びれた様子もなく、雪枝は言い放った。

大輔は、不思議な心地よさを感じていた。恋愛ぐらい、自由にさせてやればいいのに、という思いが、また胸に湧いてくる。

「俺はべつに問題だと思ってるわけじゃないんだ。ただな、生活指導の担当者としては、黙ってはいられないだろうから」

「もう行かないよ」

大輔の言葉をさえぎり、雪枝はあっさりと言いきった。

「そんな、信じられないって顔しないでよ、先生。嘘なんかつかないよ。大学生と付き合ってて、彼があんまりお金を持ってないからボックスを使ってたんだけど、このあいだ別れたんだ。だから、もう行かない」

「そ、そうか、別れたのか」

「うん。彼と知り合ってから半年間、ほかの人とは何もしてないのに、ヤキモチばっかり焼くからさ。うっとうしくなっちゃったんだよね」

吐き捨てるように言い、雪枝は脚を組み替えた。

白いふとももがあまりにも魅力的で、大輔はどうしても目を奪われた。股間も鋭く反応し、ズボンの前がきつくなっている。

「田辺に言っておいてくれる？　もう行かないから心配するなって」

「ああ、わかった」

きょう一番の問題が、意外な形で決着してしまった。こうなると、もう話すことはべつになかった。成績に関していえば、雪枝は何も問題がないのだ。志望校もしっかり決まっていて、おそらくは指定校推薦で合格できるだろう。

「ねえ、先生。ちょっとだけ私と遊んでくれないかな」

沈黙を破るように、雪枝がこんなことを言いだした。

「な、何を言ってるんだ、平岡」

「女だって性欲はあるんだよ。わかるでしょう、そのぐらい」

「そりゃあ、まあ」

「男と別れたばっかりだし、私、完全に欲求不満なんだよね。でも、クラスの男の子と遊んだって、たぶん楽しませてくれないだろうし。先生ならモテそうだし、それなりに遊んでる気がしたからさ」

上目づかいで見つめられ、大輔はどぎまぎした。

まずいよな、いくらなんでも。生徒を抱くわけにはいかない。

「あっ、わかった。先生、文佳に気をつかってるんだ」

「な、何を言ってるんだ、おまえ」

同じ呼び捨てでも、文佳に関してはそこに親しみがこめられていることに、大輔は気づいた。男子ばかりでなく、文佳は女生徒にも人気が高いのだ。

「隠しても無駄だよ。先生が文佳を好きだってことぐらい、みんな知ってるもん」

「そんな、まさか」

「先生、私たちをなめてない？　あれだけ熱い目で見てれば、だれにだってわかるよ」

「お、俺がいつ西田先生を熱い目で見てたって言うんだ？」

「しょっちゅうだよ。最初に気づいたのは、去年の体育祭のときだったかな。創作ダンスをやってる文佳を、先生、ぼうっとなって眺めてたもんね」

大輔も思い出した。当時二年生の女子が披露した創作ダンスのプログラムに、文佳は特別参加していたのだ。ショートパンツ姿の文佳を、じっと見つめた記憶もある。

「お似合いだよ、先生。文佳と先生なら、ぴったりだと思うよ。でも、まだ付き合ってないよね、先生と文佳」

「まだって、俺と西田先生は、べつに何も」

「いいよ、隠さなくたって。早めにアタックしたほうがいいよ。文佳だって、もう二十九でしょう？　そろそろ焦りを感じてるかもしれないしね」

年齢を言われ、焦りを感じたのは大輔のほうだった。文佳ほどの女性なら、いくらでも縁談が来るに違いない。彼女がその気になれば、いつ結婚してもおかしくはないのだ。

雪枝は立ちあがった。なんの躊躇もなく、大輔の膝の上に腰をおろしてくる。

「大丈夫だよ、先生。先生と文佳の邪魔はしない。ちょっとだけ、私を楽しませてくれればいいんだから」

「そんなこと言ったって」

「セックスまでしてくれなくてもいいよ。指とか舌でいじってくれるだけでも」

言いながら、雪枝は大輔の右手を取った。それを自分の胸に導いていく。

ブラウスの下にふくらみの柔らかさを感じ、大輔は陶然となった。とても手を放す気にはなれなかった。

「ちゃんとさわって。上からじゃなくて」

雪枝に急かされる形で、大輔はブラウスのボタンをはずした。ブラジャーのカップの中へ、指をもぐり込ませる。

張りのある乳房は、とにかく心地よかった。指の先で触れているうちに、乳首が硬化してくるのがわかった。雪枝が荒い息をもらし始める。

「今度は下だよ、先生。下にもさわって」

左手で大輔の右手を取り、雪枝は自分の下半身に誘導した。

剝き出しになったふとももに触れた瞬間、大輔は思わずうめき声をもらした。肌のなめらかさと肉の弾力に、うっとりとした気分になったのだ。

こいつ、ほんとにいい体をしてる。男子生徒たちも、たまったもんじゃないな。こんな体を毎日、間近に見せられたんじゃや。

「じょうずだね、先生。私、もう濡れてきちゃったよ」

身をくねらせながら、雪枝は立ちあがった。スカートの中に両手を差し入れ、するするとパンティーをおろしてしまう。

足首から抜き取ったパンティーを、なぜか雪枝は大輔に手渡してきた。

「見て、先生。濡れてるの、わかるでしょう？」

「あ、ああ、そうだな」

ピンクのパンティーを裏返してみると、股布はたっぷりと淫水を吸っていた。

ふたたび大輔の膝に座り、雪枝はまた大輔の手を自らの股間にあてがった。

「まず指よ、先生。指でいじって」

中指の腹の部分を使って、大輔は淫裂を撫であげた。お尻に近いほうから秘唇の合わせ目までを、何度か繰り返して縦になぞる。

雪枝は眉間《みけん》に皺《しわ》を寄せ、悩ましいあえぎ声をあげた。

「いいわ、先生。すごく、いい」

中指の先で、大輔はクレバスの合わせ目を探った。やや小粒ではあったが、クリトリスはしっかりと充血し、存在を誇示していた。指の腹でそっと撫でてやると、雪枝の声が徐々に甲高《かんだか》いものへと変化していく。

「ああ、駄目だよ、先生。私、我慢できなくなっちゃう」

雪枝は大輔の膝からおりた。先ほどまで自分が座っていたソファータイプの椅子に腰掛け、両足を座面に載せた。そのうえで、大きく脚を広げる。

「来て、先生。今度はお口よ。お口で、して」

大輔はうなずき、席を立った。テーブルを少し移動させ、スペースを確保してから、雪枝の足もとにひざまずいた。両手を引き締まった足首にあてがい、秘部に顔を近づけていく。漂ってきた淫靡な女臭は、大人の女性とまったく変わらなかった。やや薄めのヘアに守られるように、ピンクの秘唇が息づいている。

大輔は舌を突き出した。指でしたのと同じように、まず淫裂を縦になぞってから、とがらせた舌先で秘唇の合わせ目を探った。充血したクリトリスを、つんつんとつついてみた。体をぶるっと震わせ、雪枝が喜悦の声をあげる。

「ああ、すてきだよ、先生。やっぱりじょうずだ。ううん、ああ」

雪枝の素直な反応が、大輔は心地よかった。なおも繊細に舌を使う。今度は小さな円を描くように舌先を動かした。肉芽をなぶりまわす。

「ああっ、先生。いい。これ、す、すごく、いい」

雪枝の声は、もう悲鳴に近かった。

大輔のほうも欲情していたが、雪枝の体で発散しようという気はまったくなかった。文佳とお似合いだと言ってくれたことが、とにかくうれしかったのだ。

大輔はいったん舌を引っ込めた。

「平岡、このままじゃやりにくい。ちょっと狭いけど、ここに寝てごらん」

「寝るの？　うん、いいよ」

ドアとの隙間の五十センチ程度の幅しかないスペースに、雪枝はあお向けになった。床には厚手の絨毯《じゅうたん》が敷かれているから、痛くはないはずだった。

雪枝に脚を開かせておいて、大輔はその間にうずくまった。ほんとうは腹這いになって脚を伸ばしたいところだが、残念ながらそれだけの広さはない。

雪枝に膝を立てさせ、大輔は床に肘《ひじ》をついて、両手のひらで下からふとももに触れた。そのまま顔を秘部に近づけていく。

しばらくの間、いままでと同じことをした。舌先で肉芽を攻撃する。

雪枝の反応は、相変わらず鋭敏だった。ぴくぴくと体を痙攣させている。

舌の動きを止めないまま、大輔は左手をふとももから放した。その手を顔の下まで持ってきて、中指一本だけを淫裂にぐいっと突き入れた。

上に向けた指の腹に、肉襞が当たってきた。これまでに付き合ったどの女性よりも、雪枝の肉襞は細かく刻まれているように思えた。指を前後に動かして、大輔は慈しむように襞を刺激する。

「あっ、何？　先生、何をしてるの？」

雪枝には、この愛撫をされた経験はないようだった。それでも、間違いなく感じてくれていた。全身がぶるぶると細かく震えている。

もっとだ、平岡。もっと感じてくれ。

指と舌先に、大輔はあらためて神経を集めた。ぴちゃぴちゃと音をたてて舌が肉芽をなぶる一方、前後に動く指が淫水とこすれ合い、くちゅくちゅと鳴る。

ああ、文佳さんにもしてみたい。彼女にこんなことができたら、どんなにいいだろう。ああ、文佳さん。

ほとんど文佳に愛撫を施しているつもりで、大輔は指と舌をうごめかした。

「だ、駄目だよ、先生。私、もう、ああっ」

雪枝は叫び声をあげ、がくがくと全身を大きく揺らした。両手で乱暴に、秘部にあった大輔の顔を振り払う。

大輔は起きあがった。雪枝の脚の間に正座して、教え子の顔を見おろした。

絶頂を迎えた雪枝は、表情を歪めていた。だが、きれいだった。その美しさに、あらためて驚かされた。

荒かった雪枝の呼吸が、徐々にもとに戻ってきた。やがて雪枝はぱっちりと目を開ける。

「ありがとう、先生。とってもすてきだった」

「礼を言われるようなことじゃないよ」

「先生は、いいの？　私なら、かまわないよ」

抱いてもいい、という意味のようだったが、大輔は首を横に振った。

「俺のことは心配するな。おまえの体にさわれただけでも、すごく幸運だったよ」

「ふふっ、そんなこと言って、やっぱり気をつかってるんだね、文佳に」

笑い声で言ったあと、雪枝はなぜか急に顔をこわばらせた。上体を起こし、大輔の耳もとに唇を近づけてくる。

「先生、やっぱり早く文佳に迫ったほうがいいよ」

「何を言ってるんだ、平岡」

「私、マジだよ、先生。文佳、きっと寂しいんだ」

「寂しい？　西田先生が？」

雪枝はうなずいた。

「これ、噂なんだけど、文佳はさ、成績の落ちた男の子に、いいことをしてあげてるみたいなんだよね」

「いいこと？」

「エッチなことに決まってるじゃない。文佳はきれいだし、男の子たちにとってはあこがれの的《まと》だよ。そんな先生がしてくれるんなら、みんな喜ぶに決まってるもん」

「ちょ、ちょっと待てよ、平岡。確かなのか」

「だから、噂だって言ってるじゃない。でも、火のないところに煙は、って言うからね。たぶんほんとうなんじゃないかな」

大輔は体からすっと血の気《け》が引いていったような気がした。同時に、どうにもならない焦燥感を覚えた。

何かしなければならないのだが、実際にどう動いたらいいのかまったくわからない。そんな感じなのだ。

「あっ、ごめん、先生。心配させちゃったかな？　でも、きっと大丈夫だよ。先生が声をかけてあげれば、文佳だって寂しくなくなるし。ねっ？」

「あ、ああ、そうだな」

大輔には、もう文佳への思いを否定する気力さえ残っていなかった。

雪枝は立ちあがり、パンティーをはいた。そのうえで、ほぼ同時に立った大輔に抱きついてくる。

「頑張って、先生。もし文佳にふられたら、そのときは私が付き合ってあげるから」

大輔の唇に自分の唇を軽く押しつけたあと、にっこりほほえんで、雪枝は出ていった。

第五章　女教師の淫らな提案

1

「西田先生、きょうの放課後、お時間はありますか」

二年生の英語の授業が終わったところで、一人の男子生徒が文佳に声をかけてきた。中川浩介だ。頬をわずかに赤く染め、目を輝かせている。

文佳はうなずいた。

「いいけど、面談室は使えないわよ。個人面談をやってるから」

「あっ、そうですよね。まいったな」

「中川くん、時間は？」

「俺のほうは、いくらでも」

「カラオケボックスにでも行く？」

「えっ、カラオケ？」

「ふふっ、最近は歌を歌うだけが目的じゃない人が多いんでしょう？　そんな話、聞いたことがあるわ」

浩介はうなずいた。満面に笑みをたたえる。

「行きましょう、カラオケ」

「私は五時まで出られないから、待ち合わせ、駅に五時半でどう？」

「わかりました。改札で待ってます」

ぺこりと頭をさげて、浩介は去っていった。

職員室に向かって廊下を歩きながら、文佳は内心で苦笑していた。

私が悪いのよね。気持ちがいいこと、覚えさせちゃったんだから。

浩介は夏休み後、がくんと英語の成績がさがった。それが同じクラスの平岡雪枝にふられたせいだと打ち明けられた文佳は、面談室で彼を慰めてやった。ズボンとパンツを脱がせ、いきり立ったペニスを握り、射精させてやったのだ。

あれから三カ月。すでに二回、文佳は浩介に同じことをしてやっている。だいたいひと月に一回のペースだ。

浩介が増長すると面倒だと思ったが、そういうことはいっさいなかった。勉強のペースもつかんだようで、成績は徐々にもとに戻ってきている。だからこそ、そのご褒美として、文佳も彼のペニスを握ってやっているのだ。

それにしても、自分からカラオケボックスへ行くことを提案するとは、思ってもいなかった。浩介がふられた相手である平岡雪枝が、そういう場所に出入りしているところを、生活指導の教師に見られたという話を聞いていたせいだろう。

夕方五時半、文佳が駅までやってくると、約束どおり、浩介が待っていた。二人で改札を抜け、上り電車に乗った。二人とも、家は都心なのだ。普通の人とは方向が逆なので、朝も晩もラッシュに巻き込まれることはない。

「カラオケボックス、大丈夫ですかね」

すいた車内に並んで座るなり、浩介が尋ねてきた。

「大丈夫って、何が？」

「生活指導の先生が張り込んでるって、聞いたことがあるものですから」

「ああ、あれは学校の最寄り駅での話よ。いくら厳しい先生だって、都心の盛り場まで出張してきたりはしないわ」

「ならいいんですけど」

浩介はにっこり笑い、じっと文佳を見つめてきた。

憧憬の念に満ちたその視線を感じたとき、文佳は吉岡大輔のことを思い出した。大輔も、いつも文佳にこんな目を向けてくる。

いまは同僚の教師だが、もともと彼と知り合ったのは、友人の弟としてだった。そして九年前、文佳は彼の童貞を奪っている。

ここまで彼のことが好きになるとはね。

文佳はため息をついた。九年前のあの日から、文佳は大輔を一人の男として意識するようになった。その間、ほかの男性と付き合いがなかったわけではないが、心の奥底には、いつも大輔がいた。

童貞を捧げたからというわけではなく、大輔のほうも文佳に好意を持っているのは明らかだった。何度か真剣な顔で、付き合ってくれと言われたこともある。

だが、文佳は突っぱねた。セックスをしたのはあの一回限りだし、その後はデートもしていない。年に何度か、一緒に食事をする程度の仲だ。

文佳が拒絶する理由を、大輔は尋ねてこなかった。自分でもよくわかっているからに違いない。

大輔にとって女性といえば、まず第一に姉の里香なのだ。里香は四年前に結婚し、いまは子供までいるのだが、それでも大輔の気持ちが変わったとは思えない。相変わらず、姉を女として見ているらしい。

べつに文佳はヤキモチを焼いているわけではない。里香とはいまだに親友だし、親友の弟として、大輔にも好意を持ち続けている。だが、このまま自分と付き合い始めてしまったら、大輔がかわいそうだという気がしてならないのだ。

大ちゃんがほんとうに里香を吹っ切れたら、私も安心して付き合えるんだけどな。どうやったら、お姉さんのことを忘れられるんだろう？

もう一度、文佳がため息をついたとき、電車はターミナル駅のホームにすべり込んだ。二人は降りて、繁華街のある東口に出ていく。

文佳が来たことのあるカラオケボックスに入り、注文したドリンクで喉を潤したところで、意外なことが起きた。真剣な顔つきで、浩介が話しだしたのだ。深々と頭をさげてくる。

「先生、これまでありがとうございました」

「あら、なんの真似？」

「先生にしていただいたこと、俺、一生忘れません。手で出していただいて、最高に気持ちよかったです。勉強もまたやる気になったし」

確かにやる気は出てきたようだった。単元が終わるごとにやっているテストでも、浩介はクラスでトップに近い成績をあげている。

「でも、このまま甘えてるわけにはいかないなって思ったんです。ずっと先生のお世話になれるわけじゃないんだし」

「そりゃあ、まあね」

「俺、もう一度、チャレンジすることに決めました」

「チャレンジ？」

「雪枝のことです。ふられたのは事実だけど、あいつのこと、嫌いにはなれないんです。正直に言うと、あれからますます好きになっちゃったみたいで」

いい話だな、と文佳は思った。高校生ならでは、という気がして、ある種のうらやましさも感じた。

「だから、先生とはきょうで最後にします。雪枝には、何度でもトライするつもりなんです。五回ふられようが十回ふられようが、最後にうまくいけばいいわけですから」

「へえ、よくそこまで考えたわね。偉いわ、中川くん」

「いやあ、全部、先生のおかげですよ。先生がすてきなことをしてくれて、しっかり励ましてくださったおかげです。先生がいなかったら、俺、どうなってたか」

いまにも泣きだしそうな顔になった浩介を、文佳はそっと抱きしめてやった。

「私のおかげなんかじゃない。やっぱりあなたが偉いのよ。応援するわよ、これからも。こういうことは、きょうでおしまいにするけど」

「ありがとうございます。ほんとうにありがとうございます」

浩介の目から、実際に涙がこぼれ落ちた。

この子、純粋なのね。平岡さんも、彼と付き合えばきっと幸せになれるのに。

そんなことを思いつつ、文佳は立ちあがった。抱きしめたままなので、浩介も立ったことになる。

「最後だから、ちょっと特別なことをしてあげるわね」

「特別なこと？」

首をかしげる浩介の前で、文佳は上着を脱ぎ捨てた。続いてブラウスのボタンをはずし、スカートの後ろにあるジッパーを開いた。ブラウスもスカートも、一気に体からはぎ取ってしまう。

「ああ、先生」

下着姿になった文佳を、浩介はうっとりと見つめてきた。決してぎらぎらした視線ではなかった。憧憬の念がたっぷりこめられている。

文佳の上半身は、薄いブルーのキャミソールとブラジャーが覆っていた。パンティーも同じ色で、その上に薄手の黒いパンストをはいている。

「もう少し脱いだほうがいい？」

「はい、できれば」

文佳はウエストに手をやり、パンストを引きおろした。靴を脱いで、おりてきた薄布を足首から抜き取った。続いてキャミソールも取り去った。背中に手をまわしてホックをはずし、ブラジャーを床に落とす。

これで体に残されているのは、パンティー一枚だけになった。

「私の体の中で、さわってみたいところ、ある？」

「さわる？」

「言ったでしょう？　特別なことをしてあげるって。ちょっとならいいかな、って思ったの。ねえ、どこにさわりたい？」

「先生の体なら、どこだってさわりたいです」

「ありがとう。でも、せっかくだから選んでよ」

「うーん、どうしようかな」

頬を紅潮させながら、浩介は文佳の体を上から下まで眺めおろした。何度か往復していた視線が、やがて一カ所で止まった。

「やっぱり脚かな？」

「脚？」

「俺、先生の脚が大好きだったんです。こういうことをしてもらうようになる前も、授業中、いつも見てたんですよ、先生の脚」

「わかったわ。さわって」

浩介は、崩れるように床にひざまずいた。許可を求めるつもりなのか、おずおずと見あげてくる。

文佳がうなずくと、震える両手を伸ばしてきた。膝の裏側のあたりに触れたあと、手のひらをいっぱいに広げて、ふとももを抱きしめる。

「ああっ、先生」

大きな声をあげ、ふとももの前面に、浩介は唇を押し当ててきた。そのままの体勢で、両手を動かし始めた。円を描くように、ふとももを撫でまわしている。

すごいわ、この子。こんなに一生懸命、私の脚にさわってくれるなんて。

「どう、中川くん。気持ちいい？」

「はい、先生。最高です。先生の脚、最高に気持ちいい」

文佳は両手をおろし、浩介の髪の毛を撫でてやった。

飽きもせずに、浩介は文佳のふとももを撫で続けた。ときおり感激したように、小さな声をもらしている。

十分近く経過したころ、ハッとしたように、浩介が顔をあげた。

「すみません、先生。俺、つい夢中になっちゃって」

「ううん、ぜんぜんかまわないわ。満足できた？」

「はい。こんなことまでさせてもらえるなんて、まるで夢みたいです。ありがとうございました」

「よかったわ、喜んでもらえて。じゃあ、立ってみてくれる？」

浩介が立ちあがったところで、交代に文佳がしゃがみ込んだ。

床に片膝をついた格好で、文佳は浩介のベルトをゆるめた。制服のズボンを、まず足首までずりさげる。

下から現れたブリーフは、すでにテントを張った状態になっていた。縁に指をかけ、手前に引くようにして、文佳はそれもおろしてしまう。

自分が服を脱がなかったというだけで、この行為はこれまでの三回と同じだった。ズボンとパンツを脱がせておいて、文佳は浩介のペニスを手で握ってやったのだ。

だが、きょうは別メニューにするつもりだった。ここへ来てから決めたことだ。

まず右手で硬化したペニスを握った。その硬さと熱さに陶然となる。

「硬いわ、中川くん。ものすごく硬い」

「ああ、たまりませんよ、先生。で、出ちゃいそうだ」

「我慢よ。もうちょっとだけ我慢して」

文佳の手がペニスをこすりだすのを、浩介は待っているようだった。しかし、文佳の手は動かなかった。代わりに、文佳は唇を開いた。突き出した舌で、亀頭の裏側の筋状になったあたりを、つんつんと軽くつついた。

「あっ、先生。な、何を」

あわてる浩介にかまわず、文佳は舌先を陰嚢《いんのう》までおろした。そこから上に向かって、ペニスの裏側をすっと舐めあげる。

ぴくぴくっという浩介の震えが、文佳の体にも伝わってきた。

「先生、こ、こんなことまで」

まだまだこれからよ、中川くん。

胸底でささやきかけながら、文佳は何度か縦の愛撫を繰り返したあと、口を大きく開けた。右手に力をこめ、先端を自分のほうに向け直した。肉棒を、すっぽりと口に含む。

「うわっ、ああ、先生」

ペニスに舌を這わせだした時点で、浩介はこうなることを予想していたはずだった。それでも、まだ童貞の彼には、あまりにも刺激が強すぎたのだろう。

「先生、俺、もう、ああっ」

くわえ込んだというだけで、文佳はまったく動かなかったのだが、浩介のペニスは脈動を開始してしまった。びくん、びくんと肉棒が震えるごとに、沸騰したお湯のような熱さを持った欲望のエキスが、文佳の口内にほとばしってくる。

八回まで数えていたが、あとは文佳にもわからなくなった。十回以上は脈動しただろう。ペニスがおとなしくなっても、文佳はしばらく口を離さなかった。

文佳の脳裏に、九年前のシーンが浮かんでいた。あの日、文佳は大輔のペニスを口に含み、口内で発射させたのだ。

中川くんは、あのときの大ちゃんと同い年なのね。

そこまで考えてから、文佳は肉棒を解放した。口のまわりにもれてきた唾液を手の甲で拭い、ごくりと音をたてて口腔内の精液を飲みくだす。

「先生、俺、なんて言ったらいいか」

かすれかけた浩介の声が、上から降ってきた。大感激しているようだ。

「気持ちよかった？」

「そんな単純なもんじゃありません。ほんとに夢みたいでした」

くすっと笑って、文佳は立ちあがった。あらためて、浩介を抱きしめてやる。

「これで私は卒業ね」

「はい。ありがとうございました」

「ときどき報告してくれる？　平岡さんとどうなったか」

「もちろんです。うまくいこうがふられようが、必ずお知らせします」

「そうね。待ってるわ」

軽く頰ずりをして、文佳は浩介の体を離した。

足首におりていたブリーフとズボンを、浩介はウエストまで引きあげた。まだ感激は残っているようで、耳までが赤く染まっている。

大ちゃんも、あのときは感激してくれたのかな。それとも、相手が里香じゃなくて私だったから、あんまり面白くなかったのかしら。

大輔の顔を思い浮かべながら、文佳も脱いだ服をつけ始めた。

2

「西田先生、ちょっとよろしいですか」

夕方五時半をすぎたころ、文佳が図書室から職員室に戻ってくると、二年生のクラス担任の一人である島津《しまづ》健吾《けんご》が話しかけてきた。

「かまわないわよ。何？」

「一人、お母さんがお見えになってるんです。吉岡先生のクラスなんですけど」

「親御さんの面談は、すっかり終わってるはずよね」

「それが、どうしても吉岡先生に相談したいことがあるとかで」

提携している私立高校で研究授業があり、大輔はきょう午後から出かけていった。戻ってくる予定はない。

「吉岡先生、約束してたのかしら」

「いいえ、それはないそうです。ただ、困ったことがあったら、いつでもどうぞと言われていたみたいで」

「だれのお母さん？」

「藤村祐一です」

「ああ、藤村くんか」

文佳はうなずいた。祐一の顔が、頭に浮かんできた。英語の成績が落ちたため、個人的に呼び出した生徒の一人だ。浩介と同じで、性欲が一番の問題だと判断し、たった一度だけだが、ペニスをくわえて射精させてやっている。

そういえば、彼はあんまり吹っ切れた感じがしないわね。

あれからまだあまり時間がたっていないとはいえ、前回の単元テストで、祐一は相変わらずいい点を残せなかった。もともと英語はできた子だけに、文佳も気にしているのだ。

「わかったわ、私が会う。いまどこにいらっしゃるの？」

「応接室にお通ししておきました」

文佳はうなずき、進路指導主任の机まで歩いた。ここに置かれた生徒の資料は、関係した教師ならだれでも見ることができるようになっている。

身上書によると、祐一は一人っ子だった。母の憲子は三十九歳となっている。気になるのは、やはり夏休み以降の成績だった。一学期に比べると、英語ばかりでなく、ほかの科目もだいぶ落ちている。

そのことを頭に入れ、文佳はまた廊下に出た。校長室の隣にある応接室の扉をノックし、返事を待たずに開けて入る。

黒いスーツに身を包んだ女性が、立ちあがって丁寧に頭をさげてきた。

文佳には見覚えがあった。二年前の入学式の際、見かけていたのだ。美しい女性だと思った覚えがある。

「進路指導の担当をしている西田です」

「ああ、英語の西田先生ですね。いつもお世話になっております。藤村祐一の母でございます。きょうは突然のことで、申しわけありません」

「いいえ、かまいませんよ。どうぞお座りになってください」

「吉岡先生がお留守とうかがって、帰ろうと思ったんですけど」

言いながら憲子が腰をおろすのを待って、文佳もソファーに座った。

へえ、色っぽいわね、この奥さん。

それが文佳の第一印象だった。とても三十九には見えなかった。文佳の目には、自分より少し上というくらいに映っている。

「ご相談なさりたいことがあるそうですね」

「は？　え、ええ。でも、吉岡先生がいらっしゃらないのなら、私、また出直してきてもいいんですが」

「遠慮なさらないでください。大事な時期ですから、私がおうかがいしておきます。どういったお話なんでしょうか」

「はあ、それが」

憲子はうつむいてしまった。なかなか顔をあげようとしない。

そんな仕草にも、文佳は不思議な色気を感じた。

文佳は急かさなかった。進路関係の面接で、教師が最も守らなければいけないのが、このことだった。生徒や母親を焦らせても、決していい結果は得られない。充分に落ち着いた雰囲気の中で、本音を話してくれるように仕向けなければならないのだ。

とはいえ、きっかけは作ってやる必要がありそうだった。文佳は口を開く。

「このあいだ、私も吉岡先生とお話ししたんです。藤村くん、夏休みのあと、だいぶ成績が落ちてるってことを」

憲子がようやく顔をあげた。息子のことが心配なのか、憂いを帯びた表情になっている。

「吉岡先生との面談でも、それはうかがいました。もちろん、私も心配はしてたんです。特に模試の成績がひどかったので」

「お母様の目から見て、原因はなんだとお思いですか」

文佳としては当然の質問をしたのだが、憲子は明らかに困惑した表情を浮かべ、頬を赤らめた。なかなか次の言葉が出てこない。

「思い当たることがおありなんですね？」

「は、はい。そのことは、吉岡先生にお話ししました」

だからあなたに話す必要はない。憲子がそう言っているように、文佳には聞こえた。

「奥様、私も進路を担当する者の一人です。もちろん、あとで吉岡からも聞くつもりですが、ここで私にも話していただけませんか」

「はあ、そ、そうですね」

憲子はまたうつむいたものの、今度はすぐに顔をあげた。

「あの、すごく恥ずかしいお話なんです。女の先生に、こんなことをお話ししていいものかどうか」

「気になさらないでください。これでももう七年近く教師をやっています。どんなことでも、驚いたりしませんから」

文佳の毅然とした態度を見て、憲子はほっとしたようだった。肩からすっと力が抜ける。

それでもしばらく逡巡してから、ゆっくりと口を開いた。

「成績がさがった理由、何か思い当たらないかって、吉岡先生にも聞かれました。関係があるかどうかわからなかったんですけど、私、少し気になっていたことがあって」

憲子は言葉を途切れさせた。言う決心はしたものの、それでもかなり話しづらいことなのだろう。

文佳は黙って耳を傾ける。

いつの間にか、憲子の頬がいっそう赤くなっていた。

「うちの子、私の下着をいたずらするようになったんです」

「まあ、奥様の下着を？」

うなずく憲子を見ながら、文佳は大輔のことを思い出していた。いまから九年前、大輔は姉の里香にあこがれ、彼女のパンティーを手にオナニーをしていたのだ。

お姉さんとお母さんって違いはあるけど、たぶん同じね。藤村くん、きっとお母さんを女として見てるんだわ。

文佳はそう確信した。

「困ったなって思いながら、私、少し安心もしてたんです。ほかで下着を盗んだりしたんじゃなくて、私のでよかったって。でも、そのことをお話ししたら、吉岡先生、それは違うっておっしゃるんです。祐一が興味を持ってるのは、女性の下着なんかじゃないって」

「わかりますわ。彼の関心の対象は、奥様なんですよね」

文佳が言うと、憲子は目を丸くした。

「先生も、やっぱりそう思われるんですか」

「ええ、間違いないでしょう。思春期の男の子は、すごく敏感なんです。奥様みたいなお母様がいたら、祐一くんが刺激されてしまうのも、仕方がありませんわ」

「吉岡先生にも、そんなふうに言われました。私、びっくりしてしまって」

言葉とは裏腹に、憲子はべつに驚いた顔はしていなかった。ほほえみを浮かべているところを見ると、むしろ喜んでいるふうにさえ思える。

「それで、きょうは吉岡に何をご相談なさりたかったんですか」

文佳は一気に核心に踏み込んだ。

憲子の顔が、いちだんと上気した。目がかすかに潤んできている。

「吉岡先生からは、見て見ぬふりをするのが一番いいって言われたんです。下着ぐらい、いじらせておけばいいって」

里香がそうだったな、と文佳は思い出した。大輔の姉の里香は、弟の行動に気づいていた。だが、やめろとも言わずに、黙って自分の下着をいたずらさせていたのだ。

「でも、それでは解決にならないような気がして」

「はっきりおっしゃってください。奥様、どうなさりたいんですか」

「わ、わかりませんわ。それをご相談しようと思って来たんですから」

この人、嘘をついてるわね。

文佳には、それがよくわかった。確かに、初対面の人間に話せることではないのかもしれない。だが、文佳だって教師だ。生徒のために、何かしてやりたいと思っている。だからこそ、祐一に口唇愛撫までしてやったのだ。

「びっくりなさらないでくださいね、奥様。私、祐一くんにあることをしてあげたんです」

「は？　あることって？」

「もうおわかりになってるでしょう？　高校生の男の子にとって、一番の悩みは性欲です。悩んでいない子なんて、一人もいませんわ。だから」

「ひどい。ひどいわ、先生」

いまにも跳びあがりそうな姿勢になって、憲子は叫んだ。目が血走っている。

「先生、なさったんですね。あの子と、セ、セックスを」

「落ち着いてください、奥様。さすがにそこまではしてません」

文佳は憲子の早とちりをたしなめたつもりだったが、憲子は納得していないようだった。まだ攻撃的な視線を送ってくる。

「でも、これでよくわかりましたわ。奥様、その気になられたんですね？」

「その気って、どういうこと？」

とうとう言葉から敬語が消えた。憲子は相当に気持ちを昂《たかぶ》らせている。

「正直におっしゃってください、奥様。息子さんに抱かれる気になられたんでしょう？」

「そ、それは」

憲子は口ごもった。だが、図星のようだった。いまや耳までが赤く染まっている。

「私がしたのは、お口までです」

「お口？　先生、それじゃ、あの子のを」

「ほんとうに悩んでるように見えたんです。一度、してあげれば、落ち着いて勉強に取り組めるんじゃないかと思って」

憲子の目が、いちだんと充血してきた。怒りと興奮が入り混じっている。そんな感じだ。

「一つ、ほかの生徒の例を聞いてください。実はその子も夏休みが明けたころから、成績が落ちてきたんです。聞いてみると、夏休み前に女の子にふられたんだそうです。それで、まったく勉強をする気がなくなったらしくて」

「うちの子はどう言ってたんですか。先生、話を聞いたんですよね」

一応、敬語は戻ってきたが、憲子の怒りはおさまっていないようだった。言葉がなんとなくとげとげしい。

「もちろん聞きましたわ。正直には言ってくれませんでしたけどね」

「あの子、西田先生には、なんて？」

やはり気になるようだった。憲子は息子のことはなんでも知っていたい、というタイプの母親なのだろう。

「オナニーのやりすぎが原因だろうって、そう言ってました。だから、私は計画的なオナニーを提案したんです」

「なんですか、それ」

「学校から帰ったら一度、まず出して、それから一時間勉強。夜も一時間勉強して、我慢できなかったら最後にもう一度、白いのを出してから寝る。こういうのを実践した子がいたんですよ、前に。彼もやってみるって言ってました」

「でも、先生、あの子にしたんですよね。フェ、フェラチオを」

「まあ、一種のご褒美ですね」

「ご褒美？」

「私の言うとおり、計画的にやるって決めたわけですから。ひと月に一度、報告する約束もしました。でも、きっと無理でしょうね。こんなセクシーなお母様に刺激されたんじゃ、計画的なオナニーなんか、できっこないわ」

文佳の目に、憲子はほんとうにセクシーな女性として映っていた。欲情してしまった祐一の気持ちが、よくわかる気がした。

憲子は一度、大きく息をついた。やや自嘲気味に話しだす。

「先生のおっしゃるとおりよ。私、たぶんその気になったの」

「たぶん？」

「その気にはなったけど、自信がないのよ。祐一を誘ってあげたくても、あの子の前に出たら、体がすくんでしまいそうな気がして」

「わかるわ、奥様。すごくよくわかる」

二人とも、いつしか敬語をやめていた。文佳は、まるで友だちと話しているような感覚になれた。憲子のほうも同じかもしれない。

「ねえ、教えて、先生。私、どうすればいい？」

「あなたがセックスをしてあげたからって、祐一くんがすぐに落ち着いて勉強できるようになるかどうかはわからないわ。でも、やってみる価値はあるんじゃないかしら」

「でも、その場合、私のほうから誘わなくちゃいけないわけでしょう？」

「うーん、そうね。たまらなくなった祐一くんが抱きついてくる可能性もないわけじゃないけど、それを待ってるのもつらいでしょうし」

「怖いのよ、先生。私、怖いの。あの子が素直に私を受け止めてくれるかどうかも、まだわからないから」

「ああ、それは大丈夫よ」

「だけど、万一ってことがあるじゃない？」

万一もないだろう、と文佳は思った。

とはいえ、憲子の不安は理解できた。なにしろ母子として十七年間も暮らしてきた仲なのだ。その関係がぎくしゃくしてしまったらと思うと、なかなか積極的な行動には出られないのかもしれない。

「ねえ、奥様。きょう吉岡に会って、何をするおつもりだったの？」

唐突な文佳の質問に、憲子はぎくりと身を震わせた。

「な、何って、いまみたいな相談をしようと思っただけよ」

「ほんとにそう？　もしかして、彼に抱かれる気だったんじゃない？」

憲子に会った瞬間から、文佳はそれを疑っていた。

これだけ色気たっぷりの女性なら、大輔が欲情してしまったとしても、彼を責められない。

そのうえ、憲子は自分の下着を息子がいたずらしているという話までしたのだ。大輔が刺激を受けたことは、まず間違いない。

隠し通せないと思ったのか、憲子は肩を落としてうなずいた。

「おっしゃるとおりよ、先生。私、吉岡先生に抱いてほしくて、ここへ来たの」

「やっぱり。ってことは、一度は抱かれたのね、吉岡に」

「二度よ」

憲子は正直だった。さらに続けて言う。

「私も落ち着きたかったのよ。いつも息子に見つめられて、体がずっとうずいてたから」

文佳は、全身がカッと熱くなるのを感じた。それが嫉妬によるものであることに気づくのに、少し時間がかかった。

私、本気でヤキモチを焼いてる。大ちゃんのこと、こんなに好きになってたんだわ。

自分の気持ちを見つめる意味でも、ここで憲子に会ったのは正解だった、と文佳は思った。ジェラシーを感じながらも、憲子に感謝の念が湧いてくる。

「身代わりは駄目よ、奥様」

「えっ？」

「吉岡は祐一くんの身代わりでしょう？　いくら吉岡に抱かれても、それじゃ解決にならないわ。あなたはやっぱり息子さんに抱かれなくちゃいけないのよ。ちゃんとセックスをすれば、きっと落ち着くわ。祐一くんも、それから奥様も」

「わかってるわ。私だって、よくわかってるのよ。でも、どうしたらいいか」

憲子は右手で髪の毛をすくように撫でた。

そんな仕草にも、文佳は成熟した女の色気を感じた。彼女を抱きしめている大輔の姿が目に浮かんできて、また激しい嫉妬に駆られる。

「私から話してみるわ、祐一くんに」

「先生が？」

「安心して。あなたから相談されたなんて、絶対に言わないから」

「どう話すの？」

「奥様、自分から誘う勇気はなくても、祐一くんがぶつかってきてくれたら、すんなりいけそうな気がするんじゃない？」

「そ、そうなのよ、先生」

「私、彼を諭すわ。ほんとうにお母様とセックスがしたいのなら、あなたのほうからアタックしなくちゃ駄目だって」

憲子の顔に、少しだけ笑みが浮かんだ。だが、同時に不安な表情も垣間見える。

「あの子、してくれるかしら。先生の言うとおりに」

「大丈夫よ。あなたが欲しくてたまらなくなってるはずだもの。私に任せておいて」

「ありがとう、先生。よかったわ、西田先生にお会いできて」

今度こそ、ほんとうに憲子はほほえんだ。

ふたたび嫉妬心が湧きあがってくるのを感じながら、文佳は確認するように言った。

「もう吉岡とは会わないでくださいね、奥様」

「えっ？　え、ええ、もちろん」

少し安心はしたものの、心の中に生まれたジェラシーの芽は、なかなか引っ込んでくれそうもなかった。

3

面談室に入ってきた祐一は、明らかに緊張していた。いいことをしてもらえると、期待している顔ではない。

「とにかく座りなさい」

「はい」

小さく頭をさげて、祐一は文佳の正面に腰をおろした。

それにタイミングを合わせるように、文佳は脚を組んだ。ミニスカートをはいているわけではないが、裾が大きくずりあがった。透明に近い、黒のパンストに覆われたふとももが、どうぞ見てくださいと言わんばかりに露出してくる。

　文佳は祐一の視線を追ってみた。剝き出しになったふとももに、興味を示したのは確かだった。だが、貪欲《どんよく》さはまったく感じられなかった。見えているから見る。その程度でしかなさそうだ。

「あれからちょうど二週間よ。私との約束、覚えてる」

「はい、もちろん。計画的なオナニーですよね」

うなずきながら、文佳は脚を組み替えた。これももちろん祐一の反応を確かめるためにやったことだが、結果は予想どおりだった。視線は文佳の顔に向けられたままで、今度は脚など見ようともしない。

「ちゃんとしてるの？」

「はい、なんとか」

「なんとかって、どういう意味？」

「頑張ってはいるんです。学校から帰ると、まず一回、必ず出してます。そのあと一時間は、何があっても勉強するようにしてるし」

「まあ、それが最低ラインよね」

「はい。これだけでいいなんて、ぼくだって思ってません。でも、夜はなかなか」

「やっぱり気になっちゃうの？　体の下のほうが」

「え、ええ」

祐一はうつむいた。

文佳は彼の股間に目を向けてみた。すでに小山のように盛りあがっている。興味のない文佳の体でも、一応、刺激にはなったらしい。

「ねえ、藤村くん。ある人の例を聞いてもらうわ。いい？」

「はい」

「その人はいま二十六歳だから、九年前になるかな。あなたと同じ高校二年だった」

文佳が思い描いているのは大輔だった。高校時代の大輔の初々しい笑顔が、脳裏にはっきりと映像を結ぶ。

「彼は健康な男の子だったし、もちろんオナニーをしてたわ。計画的でもなんでもなく、したいときにするって感じで」

それが普通の男の子というものだ。

なぜ文佳がこんな話をするのか、祐一にはまったく理解できないようだった。それでも、真剣な顔つきで耳を傾けている。

「ただね、彼の場合は、ちょっと特殊だったの」

「特殊？」

「オナニーの対象がね、普通の男の子とは違ってたのよ。だれだと思う？」

「さあ、ぼくにはわかりません。その人のことも知らないわけだし」

祐一はもじもじした。オナニーの対象が特殊だと言った時点で、自分のことを当てはめてみたに違いない。

「彼はね、お姉さんのことを考えながらオナニーをしてたのよ」

「お、お姉さん？」

驚いてはいるものの、祐一はべつに不思議そうな顔はしなかった。

「彼にはね、三つ年上のきれいなお姉さんがいたの。毎日、家の中でお姉さんを見ているうちに、そんな気になっちゃったんでしょうね。いくら男だって、弟なんだから、お姉さんもそんなに気にせずに、彼の目の前で着替えとかもしたでしょうし」

「はあ、そうですね」

「当然、彼はお姉さんと初体験がしたかったはずよ。そりゃあそうよね。だれだって、初めての体験は一番好きな人としたいもの」

祐一は大きくうなずいた。彼自身、母に初体験相手になってほしいと思っているだろう。

「でもね、彼の場合は思いどおりにはいかなかったの。お姉さんのほうが彼の思いに気づいて、手をまわしちゃったのよ」

「手をまわしたって？」

「自分の親友に頼んだのよ。弟の相手をしてやってくれって」

これは事実だった。大輔は知らないが、彼が姉の里香に寄せる思いに、里香はずっと前から気づいていた。べつにいやな気分ではなかったらしい。あの様子では、むしろ里香は喜んでいたはずだ、と文佳は思っている。

とはいえ、さすがに弟に抱かれるわけにはいかない、と里香は考えたようだった。そこで文佳に代理を頼んできたのだ。

「で、どうなったんですか」

「お姉さんの仕組んだとおりになったわ。彼はお姉さんの親友の体で、無事に童貞にさよならしたの。この話、どう思う？」

「どうって言われても」

「弟の気持ちのことを聞いてるのよ。弟、これで幸せだったと思う？」

祐一は首をかしげた。本気で考え込んでいるようだ。

やがて小さくため息をついた。じっと文佳を見つめてくる。

「経験できたのはラッキーだったと思います。でも、幸せじゃないですね」

「どうして？」

「その人はお姉さんが好きだったわけでしょう？　残酷ですよ。お姉さん、弟の気持ちがわかってたのに、親友にセックスをさせちゃうなんて」

大ちゃんも、そう思うのかしら。あのときの事実を知ったら。

祐一と話しながら、文佳はどうしても大輔のことを考えてしまった。いま自分にとって、一番大切な男性なのだ。それも仕方がないところだろう。

それでも、話を先に進めなければならない。

「じゃあ、弟はお姉さんとセックスをしたほうがよかったと思うの？」

「はい。だって、最高じゃないですか。大好きなお姉さんとそうなれたら」

祐一は、宙に視線を泳がせた。

母親の姿を想像しているのかもしれない、と文佳は思った。さあ、いよいよだ。ここからが核心になる。

「となると、あなたの場合も、クラスの女の子なんかと体験しちゃわないほうがいいわね」

「な、何を言ってるんですか、先生」

「違うの？」

「言ってる意味がわかりません」

「へえ、そうなんだ。私、藤村くんは、てっきりお母さんとセックスがしたいんだろうって思ってたわ」

祐一は目を丸くした。顔面が、やや引きつっている。

「先生、ど、どうして」

「このあいだお母さんをお見かけしたのよ。吉岡先生との面談においでになったときに」

これは嘘だった。きのう、文佳は憲子に会ったのだ。その話は、祐一にはしない約束になっている。

「とってもきれいな方よね、お母さん」

「そ、そうですか」

「お母さんにお会いした瞬間に、さっきの彼のことを思い出したのよ。お姉さんにあこがれてた、弟のことをね」

祐一はまた目を泳がせた。文佳のほうを見ていられない状況のようだ。

「白状しちゃいなさいよ、藤村くん。あなた、お母さんが好きなんでしょう？　初体験はお母さんとしたいって、思ってるんじゃないの？」

祐一の顔が、いちだんと紅潮してきた。

なかなか言葉は発しなかったが、祐一の気持ちは文佳にもよくわかった。隠しておく気など、彼にはないのだ。だれかに話したくて仕方がないのかもしれない。

「そのとおりです」

ぽつりとつぶやくように、祐一が言った。

「聞こえないわ。もっとはっきり」

「先生のおっしゃるとおりです。ぼく、ずっと前からママのこと」

祐一は唇を嚙んだ。ほとんど泣きだしそうな顔になっている。

「ママのことが、す、好きだったんです。ママとしてじゃなく、一人の女として」

「よく話してくれたわね。このこと、だれかほかの人に言った？」

ぶるぶると首を振ったとたん、祐一の目からほんとうに涙がこぼれた。

「じゃあ、お母さんにもまだ話してないのね」

今度はうなずいた。涙はなかなか止まりそうもない。

文佳は席を立った。床にひざまずき、祐一の膝の上に両手を置く。

「これではっきりしたわね。あなたの成績がさがった理由が」

「えっ？」

「あなたはお母さんが気になって仕方がなかった。毎日毎日、お母さんに刺激されてたから、オナニーばっかりしてしまった。当然、勉強がおろそかになった。そうでしょう？」

「た、確かにそうかもしれません」

祐一は唇を嚙んだ。

文佳は祐一の手を握ってやった。

「原因がわかったんだから、解決方法も見えてきたわね」

「は？」

「ああん、簡単なことじゃないの。思いをかなえればいいのよ」

「思いをかなえるって、そんな、先生」

「このままじゃ何も変わらないわ。やるのよ、藤村くん。きちんとお母さんと向かい合って、告白するの。ずっと好きだった、ずっと抱きたかったたって」

これまで以上に目を丸くし、祐一は首を横に振った。

「無理ですよ、先生。絶対に無理です」

「どうして？」

「だって、おかしいでしょう？　ママ、わかってくれるはずがないですよ」

文佳が首を振る番だった。

「そんなことない。絶対にそんなことないわ、藤村くん。あなたのほうから話せば、お母さん、きっとわかってくれる」

「ぼくが話さなくちゃいけないんですか」

「そうよ。女はね、強そうに見えても、やっぱり受け身なの。あなたのお母さんだって同じ。きっと待ってるわ、あなたが告白してくれるのを」

祐一の表情が、少し変わった。文佳の自信たっぷりの言葉を聞いて、やれるという気持ちが湧いてきたのかもしれない。だが、また不安そうな顔つきになる。

「でも、やっぱり心配ですよ、先生。もしうまくいったら、ぼく、いまよりもっとママに夢中になっちゃいますよ。そうなったら、勉強なんかぜんぜんしなくなりそうだし」

「大丈夫よ。計画的なオナニーより、もっと確実だと思うわ。なんてったって、夢がかなうんだもの。逆に吹っ切れて、勉強にも身が入るわよ。さあ、立って、藤村くん」

「えっ、なんでですか、先生」

「最後の儀式よ。私とはこれが最後。あとはお母さんにやっていただきなさい」

祐一はおずおずと立ちあがった。

文佳は迷うことなく両手を伸ばし、ベルトをゆるめた。ズボンとブリーフを引きおろし、祐一の下半身をあらわにしてしまう。

肉棒はしっかりとそそり立っていた。先走りの透明な粘液が、亀頭の部分をねっとりと濡らしている。

「すてきよ、藤村くん。ああ、こんなに硬くして」

右手で握った次の瞬間には、文佳はすっぽりとそれをくわえ込んでいた。休む間もなく、首を前後に振り始める。

「うわっ、ああ、先生」

祐一のペニスを口に含みながら、文佳はまた大輔のことを考えた。

大ちゃんも、やっぱり一度、里香を抱いたほうがいいのかもしれない。そうでないと、一生、彼は里香を吹っ切れないいんじゃないかしら。

逆の心配がないわけではなかった。里香だって、もともと大輔のことが気になっていたのだ。いくら姉弟とはいえ、もし二人がそういう関係になれば、吹っ切るどころか、お互いに夢中になってしまう可能性がないとは言えない。

まあ、そのときはそのときね。大ちゃんの幸せが一番。私があきらめれば済むことなんだから。

大輔への熱い思いを胸に、文佳は首の動きを速めた。

第六章　かなえられた少年の夢

1

「よう、祐一。どうだった？」

祐一が文佳との面談を終えて教室に戻ってくると、浩介が手をあげて迎えてくれた。きょう文佳に呼び出されたことを、浩介には話しておいたのだ。

なかなか答えようとしない祐一を、浩介は不思議そうに眺めた。

「どうしたんだよ。文佳、またしてくれたんだろう？」

「うん、まあ」

「俺だって全部話したんだから、おまえの話を聞く権利があると思うけどな」

右手の指で鼻のあたりをこすりながら、浩介が言った。

祐一は小さくうなずいた。浩介にだけは、話しておいたほうがいいかもしれない、という気持ちになっている。

「出ないか？　駅前のファーストフードで話そう」

「おお、そうだな。ちょうど腹も減ってきたし」

二人は学校を出て、駅までの道を急いだ。その間、ほとんど会話はなかった。祐一は、どのように話したらいいかを考えていたし、浩介はそんな祐一を見て、話しかけるのをためらっていたらしい。

ファーストフード店は混《こ》んでいたが、カウンター席の端を確保することができた。ここなら密談にはぴったりだ。

祐一はコーラとポテト、浩介はチーズバーガーとアイスコーヒーのセットを買って、席に腰をおろした。

チーズバーガーをひとかじりしたところで、浩介が口を切る。

「俺、言ったよな。もう文佳は卒業したって」

「うん、聞いたよ」

「俺がもうしてもらわないからって、おまえが遠慮することはないんだぜ。文佳がしてくれるんなら、好意は受けておかなくちゃ」

「いや、実はさ、ぼくもきょうで終わりになったんだ」

「ほんとに？」

浩介は心底、驚いたようだった。

「どういうことだよ。おまえが断ったわけじゃないんだろう？」

「文佳のほうが言いだしたんだ。きょうで終わりにしようって」

「そうだったのか」

雪枝に何度でもチャレンジしようと決めた浩介は、文佳に甘えているわけにはいかないと考え、自分のほうから関係を遮断した。そんな浩介を、祐一は男らしいと思っている。

文佳との言葉のやりとりが、祐一の耳によみがえってきた。それを整理しながら、言葉を継ぐ。

「あらためて思ったんだけど、文佳って鋭いよな」

「なんだよ、いきなり。まあ、確かにあいつは鋭いけど」

「完全に見破られてたんだよ」

「見破られたって、何を？」

「ぼくの成績が、夏休み後にさがった理由さ」

「おまえ、ただ勉強しなかっただけだって言ってたじゃないか」

「うん。でも、ほんとうは違うんだ」

祐一はコーラで喉を潤した。ポテトも一つ、口に放り込む。

「もしかして、おまえも女にふられたのか」

「まさか。おまえと違って、だれにも迫ったりしてないよ」

「だったらなんだよ。もったいつけてないで話せ」

一度、大きく息をついてから、祐一は言葉を発した。

「ママだよ」

「何？　お母さん？」

「ぼくの成績が落ちた原因、ママなんだ」

浩介はきょとんとした。意味がまったくわからなかったらしい。

性に目覚めたころから母にあこがれていて、ずっと母をオナニーの対象にしてきたことを、祐一は初めて浩介に話した。

「なるほど、そうだったのか。おばさん、確かにいい女だもんな。正直にいえば、俺も何回か、おばさんをズリネタに使ったことがあるよ」

「浩介が？」

「う、うん。恥ずかしいから、いままで言えなかったけどな。ごめん」

「謝ることなんかないさ。なんか不思議な気分だけど、ちょっとうれしいぐらいだよ」

　浩介の目にも、母はセクシーな女性として映っていたのだ。祐一の胸に、母を誇りに思う気持ちが湧いてくる。

「まだよくわからないな。おまえがお母さんをズリネタにしてることと、文佳にもうエッチなことをしてもらわないことが、どうつながるんだ？」

「文佳、ママに迫ってみろって言うんだ。そうしないと、ぼくはいつまでもママを吹っ切れなくて、勉強どころじゃなくなるって」

　浩介は腕組みをし、難しい顔をして考え込んだ。

　自分のために一生懸命になってくれている浩介に、祐一は感謝したい気分だった。

「文佳の言うとおりかもしれないな」

「浩介も、ぼくが迫ったほうがいいと思うのかい？」

「おばさんのほうから誘ってくれたら楽だけど、そうはならないだろう？　普通のお母さんは気づかないよな、息子がそんなふうに考えてるなんて。うちのおふくろを見てれば、それはよくわかるよ」

「浩介のお母さん？」

　祐一が首をかしげると、浩介はまた指で鼻の横をこすった。照れくさそうに笑う。

「おまえがここまで話してくれたんだから、俺も白状するよ。中学二、三年で、俺がまだ雪枝に声もかけられないころ、ちょっとだけおふくろをズリネタにしてた時期があったんだ」

「へえ、そうだったのか」

「祐一のお母さんと違って、美人でもなんでもないけどな、うちのおふくろ」

「いや、けっこうセクシーだよ、浩介のお母さん。前に遊びに行ったとき、ぼく、どきっとしたことがあったんだ。ほら、ミニスカートをはいててさ」

「確かにスカートはミニが好きだな。姉貴からは、みっともないからもうやめろって、さんざん文句を言われてるけど」

一時的なものとはいえ、浩介も自分の母親をオナニーの対象にしたことがあると知り、祐一は彼との間がさらに近くなった気がした。浩介なら真剣に相談に乗ってくれるに違いない。

「俺の話なんかどうでもいいよ。祐一、どうするんだ？　迫ってみるのか、お母さんに」

「うーん、まだその勇気はないんだよね。っていうか、それでほんとうに吹っ切れるのかどうか、不安もあるんだ。ママとそんなことしちゃったら、ますますママに夢中になって、いまよりもっと勉強しなくなっちゃうんじゃないかって」

「それは大丈夫だろう。おばさんのほうだって、ちゃんと考えてくれるだろうし」

浩介に言われると、なんだか祐一もそんな気がしてきた。何も言わないでいると、浩介が畳みかけてくる。

「おまえにだって、そのうち絶対に好きな女ができるしな」

「好きな女か。中学のとき、いたんだけどな」

「中学のとき？　まさか雪枝じゃないだろうな」

「平岡はセクシーだったし、意識はしてたけど、べつに好きではなかったよ。ぼくが好きになったのは山口《やまぐち》だ。ほら、山口久美子《くみこ》」

「おお、あの女か。すっげえ頭がよかったよな」

見るからに聡明そうな久美子の顔を、祐一はいまでもはっきりと思い出すことができる。

中三の二学期、祐一はたった一度だけ、久美子にラブレターを書いたことがあったのだ。

結果は無残な敗北だった。

『ごめんなさい。いまは受験で大変だし、それどころじゃないの。高校に入って、もしまだその気があったら、また声をかけてください』

返事の文章まで、はっきりと覚えている。

「山口って、どこの高校へ行ったんだっけ」

浩介の声で、祐一は現実に立ち返った。

「F高だよ。超進学校の」

「ああ、あそこか。あいつなら、東大に行ってもおかしくないよな」

「お茶大に行きたいって言ってたけどね、中学のときは」

「おまえ、いまでも好きなのか、山口のこと」

「さあ、どうかな。さすがにもう二年も会ってないから、熱い気持ちはないけどね。再会できたら、やっぱり好きになるんじゃないかな」

中学生だったあのころ、すでに母の憲子をオナニーの対象にしていたし、久美子の肉体に執着していたわけではない。そのせいか、彼女の印象は実に爽《さわ》やかなものとして残っている。

「祐一、これで楽しみができたじゃないか」

「楽しみって?」

「おばさんにトライして、童貞とさよならできたら、山口に会ってみるんだよ」

「会ってくれるかな、彼女」

「当たり前じゃないか。向こうのほうが頭はいいけど、おまえとならお似合いだよ。山口だって、嫌いじゃなかったんじゃないか、おまえのこと」

「どうかな。だといいけど」

久美子のことを思い出して、祐一は少しだけ気分が軽くなった。これも浩介のおかげだろう。あらためて感謝したくなる。

「とにかく頑張ってみろよ、祐一。おばさんが相手なら、もし万一、うまくいかなかったとしても、それはそれでいいじゃないか。いままでどおりに暮らしていけばいいんだから」

「うん、そうだね」

「文佳の言ったとおり、おまえに大切なのは吹っ切ることだと思うな、おばさんを」

「吹っ切れるかな」

「大丈夫だよ。あとには山口が控えてるんだ。なっ、祐一」

簡単に久美子に会えるとは思えなかったが、祐一はうなずいた。そこで思い出したように言う。

「浩介、あれからどうなんだ？　平岡と話ぐらいはしたのか」

「話なら、いつだってしてるさ。なかなか二人きりにはなれないけどな」

「じゃあ、まだ迫ってはいないんだ」

「うん。だけど、このごろは毎日、学校に来るのが楽しみなんだ。雪枝のこと、どんどん好きになってる気がするんだよな」

「へえ、いいな」

「近いうちに、ぶつかってみるよ。たぶん無理だろうけど、はね返されたら、またトライすればいいんだ。ストーカーにならない程度に、食らいついてみるつもりだよ」

「うまくいくといいな。ぼくと山口はわからないけど、おまえと平岡なら、絶対にお似合いだよ」

「サンキュー。お互いに、精一杯やってみようぜ」

大きくうなずき合って、二人は間もなく店を出た。

2

浩介の励ましを得て、勇んで家に帰った祐一だったが、母の姿を目にしたとたん、すっかり弱気になってしまった。突っぱねられた場合のことを考えると、とても迫ってみる気にはなれなかったのだ。

それからあっという間に一週間が経過した。きょうは英語の授業のあとに、文佳からひと言「どう？」と声をかけられた。ちゃんと母に迫ることができたか、と尋ねてきたのだ。

祐一が首を横に振ると、文佳はほんとうに残念そうな顔をし、「頑張るのよ」と言い残して去っていった。

このままじゃ、いつまでたっても同じだよな。ママに迫るなんてこと、ぼくにできるわけがない。

やや落ち込んだ気分で帰りの電車に乗り、家の最寄り駅を降りたところで、祐一は後ろからぽんと肩を叩かれた。

ぎくりとして振り向くと、見覚えのある顔が笑っていた。

「おばさん」

「久しぶりね、祐一くん。いま帰り？」

「う、うん」

彼女は宮瀬敬子、母の高校のときからの親友だ。ときどき家にも遊びに来るので、祐一も慣れている。敬語を使わずに話せる相手だ。

「おばさん、もしかしてママと会ってたの？」

「ううん、きょうは別の用事。帰ろうかなって思ったら、祐一くんの顔が見えたから、声をかけてみたの。ねえ、お茶でも飲んでいかない？」

「えーっと、どうしようかな」

祐一は腕時計を見た。五時半を少しすぎたところだった。文佳との最初の面談で言われた計画的なオナニーを、祐一は実践している。六時までには帰ってペニスを握り、それから夕食の用意ができる七時すぎまで、できれば勉強したいのだ。

だが、敬子は強引だった。

「行きましょうよ。ケーキのおいしい店があるの。ねっ？」

腕をからめられてしまい、祐一は抵抗できなかった。小さくうなずくしかない。

敬子は、さらに体をくっつけてきた。そのまま腕を組んで、商店街のほうへ歩いていく。

おばさんのおっぱい、すごいな。こんなに腕に当たってくる。

二の腕のあたりに、祐一は敬子の胸のふくらみを感じた。その柔らかさを味わっただけで早くも股間が反応し、ズボンの前が窮屈になりかけている。

連れていかれたのは、日本全国にチェーンを持っている喫茶店だった。

敬子は迷うことなく、ケーキセットを二つ注文した。祐一は仕方なく、ホットコーヒーとフルーツタルトを選ぶ。

ウエーターが去ったところで、祐一はぎくりとした。敬子が高々と脚を組んだのだ。面談室と同じで、ソファータイプの椅子の間に低めのテーブルが置かれているため、敬子の下半身が完全に祐一の視界に入ってきた。

敬子は黒いワンピース姿で、ミニ丈というわけではなかったが、サイドに深いスリットが切られていた。そこからふとももが惜しげもなくさらされている。

もともと肉感的な女性だった敬子を、祐一も意識はしていた。回数は少ないが、オナニーの際に彼女の体を思い浮かべたこともある。

おばさん、けっこういい脚をしてるな。ママよりも、どちらかというと文佳に似てるかもしれない。

薄手の黒いストッキングに包まれたふとももを、祐一はうっとりと眺めた。そのうちに、あることに気づいた。スリットの上のほうに、白い地肌らしきものが見えているのだ。ストッキングはパンストではなく、ふとももの半ばまでのものをはいているらしい。

「ふふっ、気になる？」

祐一は既視感に襲われた。いわゆるデジャブというやつだ。

だが、これは既視感ではなかった。文佳に面談室に呼ばれた際、実際に彼女から同じことを言われたのだ。

「ねえ、聞かせてよ、祐一くん。私の脚、気になるの？」

「そ、そりゃあ気になるよ」

「どういうふうに？」

「どうって、おばさんの脚、すてきだから」

「うわあ、うれしい。祐一くん、褒めてくれるんだ」

「褒めるっていうか、正直に言っただけだよ」

盗み見るのではなく、今度は堂々と、祐一は敬子の脚を見つめた。

敬子はくすっと笑い、脚を組み替えた。反対側のスリットが大きく割れ、またふとももがあらわになった。ストッキングの生地が途切れ、ふとももの地肌が露出しているところまで、はっきりと見えた。

「弘樹もね、褒めてくれるのよ」

「えっ、弘樹くんが？」

弘樹というのは敬子の長男だ。高校一年だから、祐一より一つ下ということになる。

「小学生のころから、あの子は私の体を見てたわ。ちょっぴりいやらしい目で」

「そ、そうなんだ」

こんな話が出るとは想像もしていなかったため、祐一は少しだけうろたえた。

祐一の様子など、敬子はまったく気にしていないようだった。普通に話し続ける。

「男の子って、だいたいそうみたいね。性に目覚めると、まず最初に意識する女性って、ほとんどが母親とかお姉さんなんだそうよ」

ほとんどというのは言いすぎだろう、と思ったが、祐一は何も言えなかった。話を聞きながら、敬子のふとももに視線を送り続ける。

ここで飲み物とケーキがテーブルに届き、会話はしばらく中断した。

敬子はコーヒーをひと口すすり、イチゴケーキをぱくついた。その唇の動きにも、祐一は性感を刺激された。やや肉厚の唇に自分のペニスを包まれたところが、鮮明な映像となって脳裏に浮かんでくる。

「あなたも食べて」

「えっ？　あ、ああ」

うながされて、祐一も仕方なくフォークを手に取った。フルーツは大好物だが、きょうに限っては味などまったくわからなかった。いまは敬子の脚が気になって仕方がない。

敬子はあっという間にケーキを食べ終えてしまった。ナプキンで口のまわりを拭う仕草に、祐一はまた欲望をくすぐられた。

あらためて脚を組み替え、敬子はテーブルの上に身を乗り出してくる。

「実はね、弘樹のことであなたに相談したいって、ずっと思ってたのよ」

「相談って？」

「セックスの時期よ。弘樹に、いつセックスを経験させたらいいのかなと思って」

「ちょ、ちょっと待ってよ、おばさん。どういうこと？　もしかして、お、おばさんが弘樹くんに経験させるって言ってるの？」

今度は敬子のほうが首をかしげた。

「当たり前じゃないの。あの子は小学生のころからオナニーをしていて、ずっと私のことを想像してたのよ。本人に聞いたんだから、間違いないわ」

「本人に？　おばさん、弘樹くんとそんな話までするの？」

「そんなにびっくりすることじゃないでしょう？　こんな話ぐらい、あなただって憲子としてるくせに」

いたずらっぽい目で、敬子が上目づかいに睨んできた。

祐一は啞然とした。彼が母に夢中なのは事実だし、母の具合が悪くなったのを利用して体にさわったりもしたのだが、実際に母とこんな会話を交わしたことは一度もないのだ。

「おばさん、何か誤解してるんじゃない？　ぼく、ママとこんな話をしたことないよ」

「まあ、ほんとに？」

「ママが言ったの？　ぼくとこういうことを話してるって」

「話っていうか、もっとすごいことを、一度だけ、憲子に聞いてみたことがあるのよ」

「すごいことって？」

「祐一くんと、セックスをしたのかって」

「ママ、なんて？」

「答えなかったわ。くすくす笑っただけで。でも、あの様子なら、ああ、もうしたんだろうなって思うのが普通じゃない？」

母が敬子に対してなぜそんな態度を取ったのか、祐一にはわからなかった。だが、どうやら敬子は、祐一と母がすでにセックスをしていると思っていたようなのだ。

「実際はどうなの、祐一くん。憲子とはまだしてないの？」

「し、してないよ。エッチな話だって、一度もしたことがないのに」

「ほんとに？　なんだか、がっかりしちゃったな。私と弘樹は、あなたたち母子を追いかけるつもりだったのに」

肩を落とした敬子だったが、思い直したように笑う。

「でも、したいんでしょう？　祐一くん、憲子とセックスがしたいわよね」

打ち明けるつもりもなかったが、この話の流れでは否定することはできなかった。

「そりゃあ、したいけど」

「まだ何もしてないの？　手とかお口を使ってすることとかも」

「してないよ。ママはたぶんぼくの気持ちも知らないし」

祐一が言うと、敬子は首を横に振った。

「知らないわけないじゃないの。十何年もずっと一緒に暮らしていて、気づかないとでも思ってるの？」

「だって、ぼく、話したことないし」

「態度を見てればわかるわよ。うちの弘樹もそうだったし。祐一くん、憲子の下着をいたずらしたりしてない？」

「う、うん、してるけど」

「でしょう？　弘樹も同じよ。パンティー、毎日のように汚されてるわ」

浩介と同様、祐一は弘樹にも親近感を覚えた。弘樹にとって、母の敬子はあこがれの女性なのだろう。色香を発散させている敬子を見れば、その気持ちは祐一にもよくわかる。

「でもね、うれしかったのよ」

「うれしかった？」

「弘樹が私のパンティーを汚してくれたことがよ。私のこと考えて、一生懸命硬いのを握ってるところを想像したら、それだけで感じちゃったわ」

「おばさん、弘樹くんとセックスはしてないだけで、ほかのことはしちゃったの？」

くすっと笑い、敬子はうなずいた。

「最初のうちは手で出してあげてたわ。いまはお口でするようになったけど」

「く、口か。すごいね」

「憲子とあなたは、もうとっくにそのぐらいのことしてると思ってたのよ。まさか憲子が何もしてないとはね」

唇を嚙むようにして、敬子はしばらく思いに沈んだ。やがてまたほほえみを浮かべ、まっすぐに祐一を見つめてくる。

「ねえ、祐一くん。私が話してあげようか」

「話すって？」

「憲子に言うのよ。祐一くんとセックスをしなさいって」

「そ、そんなこと、おばさんに言ってもらうわけには」

「平気よ。ほんとうは私が相談するつもりだったんだから、立場が逆転しちゃうけど、はっきりさせておいたほうがいいわ。あなたの気持ちを」

文佳に言われ、さらに浩介に励まされ、祐一もそろそろ母に迫らなければと思ってはいたのだ。だが、その勇気が湧いてこなかった。敬子が手助けしてくれるのなら、最高の援軍ということになる。

「お願いしちゃおうかな、おばさんに」

「その気になった？　いいわよ。だったら、これからすぐ行きましょうか」

「これから？　いや、でも、きょうはちょっと」

「ああん、決めたら早いほうがいいでしょう？　行きましょうよ、祐一くん。今夜、憲子を抱けるかもしれないわよ」

ここまで言われては、祐一も決断するしかなかった。

支払いを済ませてくれた敬子と、祐一は並んで表に出た。胸をどきどきさせながら、家までの道を歩く。

ところが、結果は空振りだった。家に帰ってみると、母は出かけていて留守だったのだ。夕食の用意がしてあり、帰りは十時すぎになるというメモが残されている。

リビングに入ったところで、二人は立ち尽くしていた。

「残念だったわね、祐一くん。せっかく憲子を抱けるはずだったのに」

「次のチャンスを待ちますよ。おばさん、また来てくれます？」

「もちろん来るけど、このままじゃあなたがかわいそうね」

「仕方がないですよ。これも運命ですから」

「そうじゃなくて、もっと現実的な話よ。ほら、こっちのこと」

まったく唐突に、敬子が右手を祐一の股間に伸ばしてきた。

「あっ、おばさん。そ、そんな」

「ふふっ、いいのよ、気にしなくても。大好きなママを抱けると思って、ずっとここを硬くしてたのよね」

敬子の言うとおりだった。喫茶店を出てから十五分ほど、ペニスが萎えることは一度もなかった。ずっといきり立った状態が続いている。

「ちょっとだけ、私が慰めてあげるわ」

「おばさんが？」

「私じゃ、不満？」

「そ、そんなことないよ。おばさん、すごくセクシーだし」

「ふふっ、ありがとう。じゃあ、任せておいて」

敬子は床にひざまずいた。両手を伸ばしてきて、躊躇なくベルトをゆるめ、あっさりとズボンを足首のところまでおろしてしまった。ブリーフも、同じように引きさげられた。いきり立った肉棒が、下腹部に貼りついた形で姿を見せる。

「すごいわ、祐一くん。きっと憲子も夢中になるわ、あなたのこの硬いのに」

ほっそりとした右手の指で、敬子はペニスをつかんだ。先端を自分のほうへ向け直すと、突き出した舌を、張りつめた亀頭に這わせてきた。

「うわっ、ああ、お、おばさん」

全身をびくんと震わせ、祐一は叫び声をあげた。快感の大波が、背筋を這いのぼっていく。

ぺろぺろと亀頭を舐めまわしてから、敬子は朱唇を大きく開き、肉棒をすっぽりと口に含んだ。いったん根元まで飲み込んだあと、ゆっくりと首を前後に振り始める。

「わわ、だ、駄目だよ、おばさん。ぼく、で、出ちゃいそうだ」

差し迫った祐一の声を聞き、あわてたように敬子はペニスを解放した。潤みを帯びた目で祐一を見あげてから、すっくとその場に立ちあがった。くるっと背中を向ける。

「後ろをお願い」

ジッパーをさげろと言っているのだということは、祐一にもすぐにわかった。震える指先で金具をつまみ、一番下まで引きさげる。

背中を横切っていたのは、ブラジャーの黒いラインだった。白い肌によく映えている。

こちらに向き直った敬子は、肩に手をやり、ゆっくりとワンピースを体からはぎ取っていった。今度は前からブラジャーがあらわになる。胸の谷間が、祐一の目にまぶしく映った。

やがて腰に巻かれた黒いガーターベルトが見えてきた。そこからパンティーの中を通って下に伸びた四本のサスペンダーが、白いふとももの半ばで極薄の黒いストッキングを吊りあげている。

「どう、祐一くん。あなたのママよりはちょっと太めだけど、おばさんだって、なかなかのもんでしょう？」

「すてきだよ、おばさん。ほんとにセクシーだ」

「どうしたい？　セックスはママのために取っておくとして、なんでもさせてあげるわよ」

「さわりたい。ぼく、おばさんの脚にさわりたい」

「いいわよ、祐一くん。さわって」

祐一は敬子の足もとにひざまずいた。まず両手を引き締まった足首にあてがい、そこから上に向かってすべらせていく。

膝の裏側をすぎ、間もなく手のひらはふとももにかかった。ストッキングが途切れ、地肌が剝き出しになった部分に到達する。

「ああ、おばさん。き、気持ちいい」

肌のなめらかさと、肉の持つ豊かな弾力に、祐一は性感を揺さぶられた。股間にはさらに血液が集まり、亀頭はすでにはち切れんばかりになっている。

手のひらをいっぱいに広げて、祐一は敬子のふとももを撫でまわした。だが、脳裏にはやはり母の顔が浮かんでいた。母が具合を悪くして寝込んだ晩、ふとももに触れながらオナニーをしたときのことが、頭の中にくっきりと映像を結ぶ。

セックスまでできなくてもいい。もう一度、ママとあんなことができたら。

祐一の胸に、そんな思いが湧いてきた。敬子が応援してくれるとわかったいまも、まだ母とのセックスには現実感がないのだ。

「ああ、祐一くんにさわられてたら、なんだかたまらなくなってきちゃった。パンティー、脱がせてくれる?」

「えっ? で、でも」

「安心して。童貞を奪ったりしないから。自分で楽しみたくなったのよ」

「自分で?」

「オナニーの見せっこをするの。弘樹とも、たまにやってるのよ。どう?」

敬子と弘樹がお互いの前で自分の性器に手をやっている姿を、祐一は容易に想像することができた。それを自分と母に置き換えてみると、いちだんと欲情してくる。

ウエストまで両手をすべりあげ、祐一はパンティーの縁に指をかけた。黒い薄布を、敬子の脚に沿ってすべりおろしていく。

あらわになったヘアは、かなり濃かった。密集したデルタ形を描いている。

祐一が足首からパンティーを抜き取ると、敬子はブラジャーをはずし、ソファーに身を横たえた。左脚を背もたれに載せ、右脚は床に投げ出した。大きく脚を開いた格好だ。

「始めましょう、祐一くん。オナニー、見せ合うのよ」

敬子は右手を下腹部におろした。中指を使って淫裂を撫であげているのが、祐一にもよくわかった。眉間に皺を寄せ、悩ましいうめき声をもらし始める。

「ずるいわ、祐一くん。私にばかりやらせて。あなたもするのよ。さあ、早く」

祐一は立ったまま、しっかりと右手でペニスを握った。先ほどフェラチオを受けたせいで、肉棒は敬子の唾液にまみれていた。そのぬるぬるした感触が、余計に祐一の欲望をあおりたてる。

敬子のオナニーは、早くも佳境に入ったようだった。指の動きが速くなり、くちゅくちゅと淫猥な音が響いている。

「ああ、いくわ、祐一くん。私、いっちゃいそう」

祐一も、少しあわてて右手を動かしだした。黒いストッキングの上端から露出した白いふとももも、さらにその上でうごめいている敬子の指を見ながら、ごしごしと肉棒をこすりたてていく。

いつの間にか敬子は、左手を乳房にあてがっていた。豊かなふくらみを、乱暴に揉《も》みしだいている。

「一緒よ、祐一くん。私と一緒に」

童貞の祐一でも、女性にも絶頂があることぐらいは知っていた。どうやら敬子は、同時にのぼりつめようと言っているらしい。

「だ、駄目だよ、おばさん。ぼく、もう出ちゃいそうだ」

「大丈夫よ。私が合わせるから。ああ、祐一くん」

敬子の右手の動きが、さらに急になった。

祐一もすべての縛めを解き放った。思いきりペニスをしごく。

「ああっ、祐一くん、私、私、ああっ」

がくん、がくんと全身を揺らして、まず敬子が快感の極みに駆けのぼった。

わずかに遅れて、祐一のペニスが脈動を開始した。大きく宙にはねあがった精液の第一弾は、敬子の胸のあたりを直撃した。第二弾は腹部を濡らし、第三、第四弾は、床に飛び散っていく。

床に崩れ落ちた祐一は、ごく自然に敬子に抱きついた。

荒い息をつきながら、敬子も祐一の肩をそっと抱いてくれる。

「とってもすてきだったわ、祐一くん」

「ぼくも。自分でやってこんなに興奮したの、初めてだよ、おばさん」

「よかった、喜んでもらえて」

くすっと笑った敬子だったが、すぐに表情を引き締めた。

「でも、やるのよ、祐一くん。あなたは憲子とセックスをするの。いい？」

「う、うん。ぼくもそうしたいと思ってる」

「大丈夫よ。きっとうまくいくわ。憲子だって、待ってるかもしれないわよ。あなたが迫ってくるのを」

「だといいな」

にっこり笑ってはみたものの、祐一はまだ自信がなかった。それでも、敬子という味方を得て、だいぶ心強くなったことだけは確かだった。

3

母が帰宅したのは、本人の予告どおり十時すぎだった。しかも少しお酒が入っている。今夜、父が出張で留守だということを、祐一は母が帰ってきて初めて知った。当然のように、期待が湧いてきた。あすの朝まで、母と二人きりですごせるのだ。

「ごめんね、祐ちゃん。なんだか酔っぱらっちゃったわ。このあいだみたいに、お部屋まで連れていってくれる？」

「あ、ああ、かまわないよ」

胸の高鳴りを抑えられないまま、祐一は母の肩を抱いて廊下を歩いた。両親の寝室の扉を開け、中に入って電気をつける。

それほど酔っているようには見えなかったが、母は眠いのか、ほとんど目を閉じていた。

「ねえ、脱がせて、祐ちゃん」

母が少し甘えたような声でせがんできた。

前回のことを思い出しながら、祐一はしゃがみ込んだ。スカートの後ろについたホックをはずし、ジッパーを開いた。その瞬間、祐一はぎくりとした。母の腰に、先ほど敬子がつけていたのと同じような、ガーターベルトが巻かれていたからだ。

ママもこういうの、持ってたんだ。

わくわくしながら、祐一はスカートをおろした。きょうの母はパンティーも黒だった。四本のサスペンダーがパンティーの中を通り抜けているのも、敬子と同じだった。剝き出しになったふとももの地肌が、祐一にはあまりにもまぶしく感じられた。

母は自分で上着とブラウスを脱いだ。下から現れたのは黒いキャミソールだったが、きょうはブラジャーをしていなかった。お椀形の乳房が、キャミソールの生地ごと、ゆさゆさと揺れている。

こんな格好で外出したのか。おっぱいが揺れてるところ、だれかに見られたかもしれない。危ないなあ、ママ。

母を少し責めながらも、祐一の気持ちはさらに昂った。股間にはすでに血液が集まっていて、ペニスは完璧なまでに勃起している。

先日はここで母からパンストも脱がすように言われたのだが、きょうはガーターベルトなので勝手が違った。

どうやって脱がせばいいんだろう？

祐一が考えているうちに、母は突然、ベッドに倒れ込んだ。

「ママ、大丈夫？」

「平気よ。ちょっと疲れただけ。ねえ、お水を一杯飲みたいわ。持ってきてくれる？」

祐一はうなずき、母の下着姿にもう一度目をやってから、キッチンに走った。ミネラルウォーターのペットボトルを取り出し、また急いで寝室に戻る。

明かりはつけたままなので、母の下着姿が、まともに祐一の視界に入ってきた。薄手の黒いストッキングをつけているせいで、ふとももの白さが余計に魅惑的に見えた。抱きついていきたい気持ちと、必死で闘う。

母は小さなうめき声をあげ、うっすらと目を開けた。

「お水、持ってきてくれた？」

「う、うん。ママ、起きられる？」

「うーん、ちょっと無理かな」

「どうすればいいかな。ボトルを支えていれば、飲める？」

母は首を横に振った。

「無理よ、この格好じゃ。ねえ、お口で飲ませて」

「えっ、どういうこと？」

「どうもこうもないわ。口移しよ。知ってるでしょ？」

これまでも熱かった祐一の体が、またカッと熱を帯びた。

口移しなんかすれば、ママとキスすることになる。ママとキスができるんだ。

「ねえ、早く。ママ、喉が渇いたわ」

せっつかれた祐一は、一度、深呼吸をした。そのうえで、ペットボトルから口に水を入れた。母の上に覆いかぶさるような格好で、その唇に顔を近づけていく。

ああ、ママの唇、やっぱりすてきだ。

ここに自分のペニスをくわえてもらうことを、祐一はほとんど毎日、想像している。フェラチオではないものの、キスも夢の行為であることに変わりはなかった。いちだんと興奮しながら、母の唇に自分の唇を押し当てる。

朱唇の柔らかさを感じたとたん、祐一はめまいを覚えた。ほんとうに頭がくらくらしてきたのだ。それでも、目的は果たさなければならない。

わずかに唇を開くと、母は吸い込むような動作をした。祐一の口から母の口へ、水が流れ込んでいく。

すぐに口腔内が空になったが、祐一は信じられないほどの幸福感を味わっていた。大好きな母と、とうとうキスができたのだ。しかも、母は喉の渇きを訴えている。さらに何度か、同じ行為を繰り返すことができるかもしれない。

よし、とにかくもう一回だ。

祐一が唇を離そうとしたとき、意外なことが起こった。母が両手を祐一の首にまわし、ぎゅっと抱きしめてきたのだ。

びっくりはしたものの、祐一は母のするままに任せるしかなかった。すると、さらなる驚きが祐一を襲った。祐一の唇を割って、母が舌を伸ばしてきたのだ。祐一の口内を、母の長い舌が這いまわる。

これって、ディープキスだよな。ああ、ぼくはいまママとディープキスをしてるんだ。

母は祐一の舌を探り当てた。自分の舌を、ねっとりとからめてくる。

初めての経験で何もわからなかったが、祐一もなんとか応じた。ぴちゃぴちゃという音が、静かな寝室の中に響く。

唇を重ねたまま、母は首から放した左手で、祐一の右手を握った。それを自らの乳房に押しつける。

ああ、ママ。ママのおっぱいだ。

キャミソールの薄い生地越しに、祐一は母の乳房の柔らかさを感じた。ふくらみはソフトなだけでなく、豊かな弾力を持っていた。

祐一はおそるおそる、胸のふくらみを揉んでみた。興奮するのとともに、また幸福感が湧きあがってきた。もう死んでもいい、というくらいの気分になる。

何分が経過しただろうか、やがて母は舌を引っ込め、唇を離した。潤んだ目で、下からじっと祐一を見つめてくる。

「ごめんね、祐ちゃん」

「な、何が？」

「待たせちゃったことよ」

母はまた両手で祐一の顔を引き寄せた。顔と顔が十センチとは離れていない。

「知ってたわ、あなたの気持ち」

「ぼくの気持ちって？」

「欲しかったんでしょう？　ママが」

「う、うん」

「もうずいぶん前に決めてたのよ。あなたの好きにさせてあげようって」

「ほんとに？」

母はうなずき、祐一の首から手を放した。

「脱いで、祐ちゃん」

「えっ？　でも、ママ、そんな急に」

「急でもなんでもないわ。早くしなくちゃって、ずっと思ってたの。敬子も励ましてくれたしね」

祐一は首をかしげた。敬子の話によると、母はもう祐一とセックスをしたような態度を取っていたらしいのだ。

「知ってるわ、きょう敬子が来たことも。さっき携帯に電話があって脅されたのよ」

「脅された？」

「もし今夜、ちゃんと祐ちゃんに抱かれなかったら、彼の童貞は私がもらうわよ、って」

どうやら敬子が嘘をついていたらしいことに、祐一は気づいた。ただ、悪意のある嘘ではなかった。なんとか祐一と母を結びつけようとしてくれたのだ。

「何してるの？　さあ、脱いで」

祐一はTシャツを脱ぎ、続いてイージーパンツと呼ばれるズボンをおろした。あとはもうブリーフ一枚だけだ。そのブリーフは、すっかりテントを張った状態になっている。

急に照れくささが湧いてきたが、ここまで来てやめるわけにはいかなかった。母の視線を意識しながら、ブリーフも取り去る。

「うわあ、すごいのね、祐ちゃん。そんなに大きくして」

「だって、ママとキスしてたんだから」

「いらっしゃい、ママの隣に」

母は自分の体をベッドの奥にずらした。

すっかり裸になった祐一は、言われたとおりベッドにあがった。体を横にして、二人は向かい合う格好になる。

「もう一度、確認したいわ。祐ちゃん、ママでいいの？　初めてのセックスの相手、ママで後悔しない？」

「しないよ、ママ。絶対に後悔なんかしない。ぼく、欲しかったんだ。ずっとママが」

「ああ、祐ちゃん」

母が抱きついてきた。あらためて、二人はしっかりと唇を合わせる。

今回のキスは短かった。唇を離すと、母は祐一の下半身方向へ体をずらした。祐一をあお向けにしておいて、下腹部に顔を近づけてくる。

「ママ、してくれるの？　く、口で」

「そうよ。祐ちゃんが、いやでなければ」

「いやなわけないだろう？　夢だったんだ。セックスもそうだけど、いつも夢に見てたよ。ママに口でしてもらうこと」

母は肉厚の朱唇を開いた。右手で根元を支えた肉棒を、すっぽりと口にくわえ込む。

「ううっ、ああ、ママ」

文佳に二度してもらい、一応は慣れているはずのフェラチオだったが、相手が母となると快感は格別だった。気が遠のきそうになるほどの心地よさだ。

「ママ、さわらせて。ママの脚に、さわりたいんだ」

肉棒を頬張ったまま、母は体を回転させた。脚をあげて、祐一の顔をまたぐ。

黒いストッキングの上端から露出した白いふとももに、祐一は思いきり抱きついた。夕方、敬子のふとももに触れていたが、さわり心地は母のふとものほうがずっと上だった。感動が加わっているせいに違いない。

「気持ちいい。ママのふともも、すっごく気持ちいい」

「うーん、うぐぐ、むぐぐぐ」

ペニスを口に含んでいるため、母は言葉を発することができなかったが、大きく身をよじり、鼻からうめき声をもらした。

このときになって、母の股間が目の前に来ていることに、祐一は気づいた。よく見ると、黒いパンティーの股布の部分に、楕円《だえん》形のシミが浮き出ていた。母が感じてくれているのかもしれないと思うと、祐一はうれしくなる。

ふとももから右手を放し、祐一は母のパンティーを脇にずらした。あらわになったヘアは、敬子に比べると薄めだった。そのヘアに守られるように、秘唇が息づいている。

「ああ、ママ」

無意識のうちに声をあげ、祐一は舌を突き出した。愛撫の方法などまったくわからないが、広がった肉びらを、ぺろぺろと舐めまわしてみる。

母の体が、ぴくぴくと小刻みに痙攣した。鼻からもれる声が、徐々に大きくなってくる。大好きな母にペニスをくわえられ、すさまじいまでの快感を覚えていたが、祐一はまだしばらくは耐えられそうだった。敬子とオナニーを見せ合いながら射精しているし、実はあのあとさらに一度、自分の部屋で白濁液を放っているのだ。

母の秘部に舌を這わせるぴちゃぴちゃという音が、祐一の耳にはなんとも淫猥に聞こえた。それに母がペニスをなぶる音が重なり、淫猥なデュエットという感じになる。

しばらくすると、母が肉棒を解放した。苦しげな声をあげる。

「もう、もう駄目よ、祐ちゃん。ママ、我慢できない」

母は起きあがり、するするとパンティーをおろした。キャミソールとガーターベルト、それにストッキングをつけただけの格好で、あらためてベッドに横たわる。

このときには、祐一も上体を起こしていた。口のまわりについた唾液と淫水を手の甲で拭い、うっとりと母の体を見つめる。

「いいわよ、祐ちゃん。来て」

祐一は、胸の鼓動がいちだんと速さを増すのがわかった。やや緊張しながら、母が広げた脚の間に入り、膝立ちの姿勢をとる。

「ママ、ちゃんとできるかな」

「大丈夫。あなたはママに任せておけばいいの。ほら、こっちよ。ママに重なってきて」

ベッドに両手をつき、祐一はぎこちない動作で母に覆いかぶさっていった。

次の瞬間、祐一の体がびくんと震えた。母が右手をおろし、ペニスを握ってきたのだ。

「硬いわ、祐ちゃん。とっても硬い」

「駄目だよ、ママ。あんまり強く握られたら、で、出ちゃう」

「ごめんなさい。でも、平気よ。もし出ちゃったら、ママがまた硬くしてあげるから」

母との会話だけでも、祐一は充分すぎるほど興奮していた。すでにペニスは暴発寸前になっているといってもいい。

肉棒を握った手を、母は手前に引いた。

それに合わせて腰を進めると、亀頭の先が母の体に当たった。母は手を小刻みに動かして、位置を調整している。その手が、間もなくぴたりと止まった。

「ここよ、祐ちゃん。さあ、入ってきて」

「ママ。ぼく、ぼく」

祐一はがむしゃらに腰を突き出した。母の誘導がよかったらしく、見事に亀頭がクレバスを割った。そのまま根元までが、するっと母の肉洞にもぐり込む。

「ああ、祐ちゃん。入ったのね。祐ちゃんのが、ママの中に」

母の声を聞きながら、祐一は新たな感動を味わっていた。もう死んでもいい、とまた思った。それぐらい、祐一は幸福感に包まれていたのだ。

「忘れないよ、ママ。今夜のこと、ぼく、絶対に忘れない」

「ママもよ、祐ちゃん。ママも忘れないわ」

じっと母を見つめたあと、祐一はゆっくりと腰を使い始めた。

第七章　過去からの訣別

1

「どうしたんだ、中川。このあいだ個人面談が終わったばかりなのに」

目の前に座った教え子、中川浩介に、大輔は不審そうに問いかけた。

浩介は、前回の模試ではやや落ちたものの、基本的に数学の成績はまあまあ、全科目トータルでもそこそこ上位にいて、いま志望している大学なら、現役で充分に合格できるだろうと大輔は踏んでいる。

その浩介が、どうしても話したいことがあるからと、再面談を申し込んできたのだ。面談室は使えず、二人は教室で向かい合っている。

「勉強のことじゃないんだよ。俺、先生とタメで話したいと思って」

「ほう、タメと来たか。かまわないぞ。なんの話だ？」

「要点は二つ。一つは平岡雪枝のこと」

「平岡？」

大輔はぎくりとした。雪枝とは個人面談の際に、ちょっとしたことがあった。最近、欲求不満だという雪枝を、指と舌で絶頂に導いたのだ。

まさか平岡が、あのことをこいつに話すわけがないんだけどな。

首をかしげながら、大輔は浩介に先をうながした。

「もう一つは文佳のことだよ」

「文佳って、西田先生か」

「ああ、そうだよ。俺たちから名前で呼ばれるのは、けっこう人気がある証拠だから、喜んでもいいと思うな。先生もその一人だけどね」

「そうなのか。吉岡って、苗字《みょうじ》じゃなくてか」

「名前のほうだよ。俺たちの間では、先生は大輔だ」

「そりゃあ光栄だな」

大輔は、なんとなくうれしくなった。

「おまえ、きょうは俺とタメで話したいんだろう？　だったら、名前で呼べよ」

「いいの？　だって、呼び捨てだよ」

「かまわないさ。俺もおまえのこと、浩介って呼ばせてもらう」

浩介は満面に笑みを浮かべた。いい笑顔だ、と大輔は思った。

「話がわかるんだな、大輔は」

「俺だってまだ二十六だ。青春、終わってないぞ」

「青春って言葉自体、古いんじゃないか？」

「ああ、そうかもな」

「まあ、いいや」

もう一度笑ったあと、浩介は真剣な表情になった。

「俺さ、雪枝のことが好きなんだ」

「ずいぶんストレートに来たな。それで？」

「中学のときから一緒で、いつかは付き合いたいって思ってたんだ」

「そうか、おまえたちは同じ中学の出身か」

「うん。でも、ふられたよ」

「なんだ、ずいぶんあっさりしてるな。あきらめたってことか」

意志の強さを表すように、浩介は大きく首を横に振った。

「決めたんだ。絶対にあきらめないって」

「平岡はきれいだしな。いまだって、とても高校生には見えない。おまえの気持ち、わからないでもないよ」

「聞いたよ、雪枝から。先生、あいつをいかせたんだって？」

あまりのことに、大輔はあたふたしてしまった。なんとなく気恥ずかしくなり、浩介から目をそらしてしまう。

「気にするなよ。べつに俺は大輔を責めてるわけじゃない。俺にできないことをしてくれたんだから、雪枝のためにお礼を言いたいくらいさ」

「ずいぶん気前がいいんだな、浩介は。だけど、おまえたち、そんな話までするのか。平岡が俺にいかされたなんてことまで」

「先週、俺がまた迫ったんだ。そうしたら、雪枝が話してくれたんだよ。大輔は満足させてくれたって。俺にその自信があるか、って聞いてきたよ。満たしてくれない男となんか付き合わない。あいつのポリシーみたいなもんだな」

「おまえ、経験は？」

「ないよ。正真正銘の童貞さ。だから、雪枝を満足させるなんてこと、できるわけがない」

浩介は唇を嚙んだ。

「でも、やっぱり好きなんだよ。大輔にいいことをしてもらったなんて、自慢げにあいつが言うのを聞かされても、ぜんぜん嫌いになれないんだ」

いつしか浩介は目を潤ませていた。その真剣さが、大輔にも伝わってくる。

「おまえの気持ちはわかったよ。俺に何かできることがあるか？」

「いや、雪枝に関しては何もないよ。まあ、見ていてほしいってところかな」

「わかった。卒業までまだ一年ちょっとある。おまえたちのこと、ずっと見ていよう」

「うん、頼むよ。ただ、もう雪枝には手を出さないでもらいたいんだ。もしあいつがせがんだとしても」

痛いところを突かれ、大輔は苦笑しながらうなずいた。

「わかったよ。二度とあんなことはしない」

「ありがとう。雪枝が言ってたよ。大輔はいいやつだって」

「どういう意味だ？」

「だって、やらなかったんだろう？　雪枝はそのつもりだったらしいのに」

「う、うん、まあな」

「文佳に気をつかったんだよな、大輔」

いきなり文佳の名前を出されて、大輔はまたどぎまぎした。

「何を言ってるんだ、おまえ」

「隠すなよ。大輔が文佳に惚《ほ》れてるってことぐらい、この学校の生徒ならだれだって知ってるさ。雪枝、感心してたよ。文佳に後ろめたさを感じたくないから、きっと私を抱かなかったんだろうって」

それは事実だった。あれだけ魅力的な雪枝が、体を投げ出してきたのだ。文佳の存在が頭の中になければ、いくら生徒とはいえ、躊躇なく抱いていたに違いない。

「で、ここからは文佳の話なんだ。いいかな、大輔」

「ああ、もちろん」

「これは大輔に謝るべきことなのかもしれないけど、俺さ、文佳にいいことをしてもらっちゃったんだ」

「いいこと？」

こうやって尋ねるのは二度目だ、と大輔はすぐに気づいた。そういえば、雪枝からも同じことを聞かされたのだ。文佳が男子生徒にいいことをしてやっている、という話だった。

「俺、夏休み前に雪枝にふられたんだ。それからぜんぜん勉強する気がなくなっちゃってさ、二学期に入ってからすぐの模試、ひどいものだったよ。特に英語が」

「数学も、あんまり褒められたもんじゃなかったな」

「反省してるよ。で、文佳が心配してくれてさ、俺を面談室に呼び出したんだ。そこで」

「おまえ、童貞だって言ったじゃないか」

浩介の話を最後まで聞かず、大輔は憤然とした声をあげた。彼が文佳と関係を持ったと考えたのだ。

「早とちりするなよ、大輔。べつにセックスをしたわけじゃないんだ」

「そ、そうなのか」

「うん。欲望が強すぎて勉強できないんだろうって言って、最初は手で抜いてくれたんだ。全部で三回、そんなことがあったよ」

大輔の体が、カッと熱くなった。それが嫉妬によるものであることは、すぐにわかった。間違いなく、いま大輔は浩介にジェラシーを感じている。

「でもさ、俺、決めたんだ。これからは雪枝ひと筋で行こうって。ふられてもふられても、あいつにぶつかっていこうって決めたんだよ。だから、文佳には自分から言ったんだ。もうこんなことはしなくていいって」

「ほんとか？　偉いな、おまえ」

「べつに偉くはないよ。大輔と同じさ。雪枝に操を立てたんだよ、俺」

「操だなんて、おまえ、古いこと言うなあ。俺より年上みたいだぞ」

二人は笑い合った。名前で呼び合ったせいか、いまやすっかり打ち解けている。

「文佳、最後に口でしてくれたんだ」

「そうか、口でか」

また猛烈な嫉妬を感じたが、大輔はなんとか耐えた。ヤキモチを焼いてみたところで、どうなるものでもないのだ。いまはこらえるしかない。

「最高に気持ちよかったけど、俺、もう文佳にあんなことはしてもらわないよ。だからさ」

「わかったよ、浩介。約束する。俺ももう平岡には絶対に手を出さない」

大輔が言うと、浩介は呆れたように手を顔の前で振った。

「違うよ、大輔。ほんとに早とちりだな。話は最後まで聞けよ。雪枝に手を出さないって話は、もう済んだじゃないか。信用してるよ。そうじゃなくて、これは俺からの提案なんだ」

「提案？」

浩介の顔が、いちだんと真剣なものになった。

「大輔、そろそろ本気で文佳にプロポーズしてみろよ」

「プ、プロポーズ？　おまえ、何言ってるんだ」

「俺はマジだよ、大輔。俺、思うんだけど、文佳、寂しいんじゃないかな」

「寂しい？　西田先生がか？」

首肯した浩介が、さらに険しい表情になった。

「夏休みのあと、確かに俺は成績が落ちたよ。文佳が気にしてくれたのは事実だし、文佳があいうことをしてくれたおかげで、俺はけっこう立ち直れたんだ。でも、普通、そこまでしないんじゃないかな。教師が生徒に対して」

「まあ、そうだろうな」

「文佳、あれだけいい女なのに、浮いた噂がぜんぜんないだろう？　大輔は相手にされてないみたいだし」

事実なので、大輔はうなずくしかなかった。

「きっと寂しくなったんだよ、文佳。だから、気まぐれで俺にあんなことまでしてくれたんだ。そうじゃないと、説明がつかないじゃないか」

「うん、おまえの言うとおりかもしれないな」

大輔は妙に納得した。最近の文佳は、意外な場面で大輔の手を握ったり、頬にキスしたりしてきたのだ。あの行動は寂しさの表れ、と取ることもできる。もっといえば、欲求不満に陥っている可能性だってある。

「俺と雪枝の結論は、大輔と文佳ならお似合い、ってことだよ」

「おいおい、からかうなよ、大人を」

「からかってなんかいない。本音だよ、俺たちの。なあ、大輔。頑張ってみろよ」

まるで立場が逆転していた。大輔が教え子の浩介に、しっかり励まされているのだ。

大輔はため息をついた。彼だって、そろそろなんとかすべきだと思ってはいた。初体験から九年、文佳に対する熱い気持ちに変化はない。姉への憧憬の念がくすぶっているとはいえ、文佳のことも、ずっと好きだったのだ。

俺、やっぱり優柔不断だったな。文佳さんが俺と付き合ってくれるはずがないって、あきらめてたせいもあるけど。

大輔は、いよいよ自分が本気になってきたのを感じた。浩介に言われたとおり、文佳にプロポーズしてみようという気になっている。

「おまえがそこまで心配してくれてるとはな」

「俺だけじゃない。雪枝だって同じさ。先生と文佳には、幸せになってほしいんだ。もちろん、俺も雪枝と幸せになりたいけどね」

「ありがとう、浩介。俺、頑張ってみるよ」

「ほんとに？　文佳にプロポーズするのかい？」

「ああ、近いうちに、必ず」

「やったね。それでこそ、俺たちの大輔だよ」

浩介が差し出してきた手を、大輔はしっかりと握った。

2

「いいお店じゃないの。意外だな、大ちゃんがこんなところを知ってたなんて」

店の中を見まわしながら、文佳が言った。

都心にあるショットバーだった。カウンターだけの店で、飲み物はなんでも一杯五百円だ。学生のころから、大輔はときどきここを利用している。

大輔の前にはラム酒のソーダ割りが置かれ、文佳は水割りグラスを手に持っていた。

教え子の浩介に励まされてから一週間、ほんとうにプロポーズをするつもりで、今夜、大輔は文佳をここへ誘ったのだ。

「ああ、おいしい。久しぶりよ、ウイスキーなんか飲むの」

文佳の濡れた唇が、大輔にはなんともセクシーに感じられた。すぐにでも抱きついていきたい気分だが、まずは話をしなければならない。

「先週、浩介とじっくり話したんだ」

「コースケって？」

「中川だよ、うちのクラスの」

「ああ、彼か」

文佳に動揺した様子は見られなかった。浩介にしてやったことを、秘密にするつもりはないのかもしれない。

「あいつ、打ち明けてきたんだ。文佳さんに何をしてもらったか」

「なんだ、今夜はそんな話をしたかったの？」

「違うよ。それはきっかけにすぎないんだ。でも、妬《や》けたよ、文佳さん。俺、ものすごく妬けた」

「呆れたんじゃない？　私が淫乱な女教師だってわかって」

自嘲気味に笑う文佳に、大輔は小さく首を横に振った。

「そんなふうに思うわけないだろう？　ずっと好きだった人のことを」

「ずっと？」

「もうわかってるはずだよね。九年前、ああいうことがあってから、俺、文佳さんを忘れたことなんか一度もないよ」

いよいよ核心だ。いい加減な気持ちではないことを、はっきり言わなければならない、と大輔は思った。

「文佳さん、俺、本気なんだ。本気で文佳さんのこと」

「ちょっと待って」

文佳がさえぎってきた。水割りを口に含み、しばらく考え込んだあと、すっと大輔に視線を向ける。

「私だって好きよ、大ちゃんのこと」

「ほんとに？」

「私もずっと好きだったわ。そうじゃなきゃ、あなたをあの学校に誘ったりしなかった」

大輔がQ高校の教師という職を選んだのは、文佳の口利きがあったからこそだ。誘ってもらったときの喜びは、いまでもよく覚えている。

だが、文佳から好意を示されたことは、ほとんどなかった。最近になって、ようやく手を握られたり、頰にキスされたりした程度なのだ。

「覚えてる？　勤めだして一年ぐらいのとき、私に付き合ってくれって言ったこと」

「忘れるわけないだろう？　俺なりに一生懸命だったんだから」

あのときの緊張を、大輔は忘れることができない。それでも、どうにかなるのではないかという思いのほうが強かった。だが、結果は無残だった。あなたとそういう関係になる気はない、と文佳ははっきりと拒絶したのだ。

約一年前にも、同じことが起きた。食事をした際に大輔が熱い気持ちを打ち明けたのだが、またも拒否された。

理由はわかっていた。文佳は大輔の姉への思いを知っているからだ。

だが、大輔には自信があった。くすぶり続けていた姉への憧憬も、どうやら終焉《しゅうえん》に来た気がしているのだ。

「文佳さんの考えてることは、俺にだってよくわかるよ。姉さんのこと、気にしてるんだろう？」

「そのとおりよ」

文佳はあっさりと肯定した。

「もう大丈夫だよ、文佳さん。そりゃあ、あのころは姉さんにめろめろだったよ。高校二年のころまでは。だけど、俺は変わったんだ。文佳さんに経験させてもらってから」

「わかるわ。確かに大ちゃんは変わった。私を好きでいてくれることも、よくわかってるつもりよ。でも、完全には吹っ切れてないんじゃない？」

「いや、そんなことないよ。姉さんのことは、もうとっくに」

「ううん、吹っ切れてないわ」

またも大輔は言葉をさえぎられた。真剣な表情で、文佳は続ける。

「誤解しないでほしいんだけど、私、ヤキモチを焼いてるわけじゃないのよ。大ちゃんの気持ちを大事にしてほしいと思ってるの」

「俺の、気持ち？」

文佳はうなずいた。目がかすかに潤んできている。

「九年前、私が大ちゃんに抱かれたころ、あなたは本気で里香が好きだった。そうよね？」

「う、うん」

「大ちゃんの気持ちは、私にもびんびん伝わってきた。うらやましいなって思ったわ、里香のこと。いくら結婚できない相手だって、あれだけ愛されたら、女は幸せよ」

ここでグラスを手に取り、文佳は喉を潤した。

濡れた唇に、大輔はあらためて性感を刺激される。

「よく聞いて、大ちゃん。あそこまで好きだった里香のこと、そう簡単に忘れられるはずがないと思うのよ」

「いや、大丈夫だよ。そりゃあ、ただ忘れろって言われても無理かもしれないけど、俺には文佳さんがいるわけだから」

「私のために、無理やり里香を心の中から追い払ってるんじゃない？」

「違うよ、文佳さん。俺、文佳さんには感謝してるんだ。あのとき文佳さんが初体験の相手になってくれなかったら、ずっと姉さんに夢中だったと思う。姉さんはまずいだろうって、文佳さんが忠告してくれなかったら」

「そのことも話しておいたほうがよさそうね」

文佳は、またも大輔の言葉を途中でさえぎった。

「九年前のあの日、私が自分からあなたの部屋へ行ったと思ってるの？」

「えっ？　でも、来てくれたよね。俺が姉さんの下着を持って、自分でしてるところに」

「あれはね、全部、里香に言われたことだったのよ」

「姉さんに？」

大輔は啞然とした。話がよく見えてこない。

「部外者の私が感じ取れたくらいなんだから、里香はもちろん大ちゃんの気持ちに気づいていたわ。それはわかるわよね」

「うん、まあ」

実際のところ、よくわかっていなかった。少なくとも、大輔が姉に思いを打ち明けたことは一度もないのだから。

「大学に入って、最初の夏休みだったかな。里香からあなたのことを聞かされたのは」

「姉さん、何を話したの？」

「弟がいつもじっと見つめてくる。最初はそんな感じだったわ」

田舎のコタツの中で足先を姉のふとももに挟まれて以来、確かに大輔はいつも姉のほうばかり見ていた。あれだけ視線を浴びたら、さすがに姉も気づいたかもしれない。

「意外だったのはね、里香がうれしそうだったことなの」

「うれしそう？」

「そうよ。あなたの話をするときは、いつもにこにこしてたわ。下着をいたずらされるって話も、笑いながらしてた」

「えっ？　じゃあ、下着のことも、姉さんは知ってたの？」

「当たり前でしょう？　女は敏感よ。特に下着とかにはね。あなた、ときどき汚してたらしいじゃないの」

「う、うん」

ときどきどころではなかった。あのころは毎晩、姉のパンティーを部屋に持ち込み、そこに射精したあと、丁寧に拭いてから洗濯機に戻していたのだ。

「うれしかったけど、やっぱり困ってもいたんでしょうね、里香は。だって、もう拓也《たくや》さんと付き合い始めてたし」

拓也というのは、姉が結婚した男の名前だ。大学の二年先輩に当たる。

「あの日、里香は私に言ったわ。大ちゃんの相手をしてやってくれって」

「それじゃ、文佳さんは、姉さんに頼まれて？」

文佳はうなずいた。少しだけ、気の毒そうな顔をしている。

「これも誤解しないでほしいんだけど、私だって大ちゃんのこと、好きだったのよ。そうじゃなければ、いくら親友の頼みでも、あんなことはしないわ」

「好きだったら、付き合ってくれてもよかったんじゃないの？　俺、あの日から、ずっと文佳さんのことを意識するようになってたんだし」

「私だって考えたわよ。あなたとセックスをして、ますます好きになったのは事実だから。でもね、やっぱりごまかすわけにはいかないじゃない？　あなたの里香への気持ちを」

「姉さんのこと、忘れさせてくれればよかったじゃないか、文佳さんが」

「ほんとうに忘れられるんなら、そうしたでしょうね。私は無理だと思ったのよ。だから、しばらく様子を見ることに決めたの」

大輔はまだ啞然としていた。姉と文佳には、心の底まで見透かされているような、そんな気分だった。だが、べつに腹は立たなかった。二人は相談したうえで、大輔に初体験をさせてくれたのだから。

「あのことがあった次の年、三人で初詣《はつもう》でに行ったの、覚えてる？」

「そういえば、行ったたね」

「あのとき思ったのよね。ああ、大ちゃんはまだ里香のことが忘れられないんだって」

「俺、何かしたの？」

「うっとり眺めてたのよ。おみくじを引いてる里香をね。あれは絶対に姉を見る弟の目じゃなかった。私、少し妬けちゃったもの」

よく覚えてはいないが、そんなことがあったかもしれない、と大輔は思った。姉は自分にとって、ほんとうに大切な女性だったのだ。

「あなたのクラスの藤村くんのこと、話してもいい？」

突然、話題を変えられて、大輔はとまどった。藤村祐一の母とは肉体関係を結んでいるだけに、なんとなく文佳に後ろめたさを感じる。

「あの子ね、大ちゃんと似てるのよ」

「俺と？」

「お姉さんじゃないんだけど、あの子の場合、お母さんが好きでたまらないんですって」

「文佳さん、なんでそれを」

「いいのよ、大ちゃん。私、全部わかってるんだから。大ちゃんが先に相談されたのよね、お母さんから」

文佳はすべて知っているようだった。否定するわけにはいかず、大輔はうなずいた。

「藤村くんとは三回、面談をやったわ。あの子ね、中学のときに好きだった女の子に、もう一度、会いたいって思うようになったんですって。それはね、お母さんのことが吹っ切れたからなのよ」

「吹っ切れた？」

「その後、お母さんと話はしてないの？」

「いや、ぜんぜん」

憲子とは、このところ連絡を取り合っていない。

「結ばれたのよ、あの二人」

「それじゃ、藤村はお母さんと」

「そうよ。セックスをしたの。藤村くんにとっては、お母さんが初体験相手になったのよ」

びっくりする一方で、大輔が祐一にうらやましさを感じたのも事実だった。

「藤村くんの話を聞いて、私も考えたの。大ちゃんも、里香を吹っ切ればいいんじゃないかって。ちゃんと里香を吹っ切ってくれれば、私だって真剣に考えるわ。あなた以外に、いま好きな人なんかだれもいないんだから」

「でも、吹っ切れって言われても」

「抱くのよ。里香を抱くの」

強い口調で、文佳は言いきった。

大輔は唖然とした。まさか文佳の口からこんな言葉が出てこようとは、想像もしていなかった。

「何を言ってるんだよ、文佳さん。そんなばかなこと」

「ぜんぜんばかなことじゃない。私は本気よ、大ちゃん。あなたはね、これまでずっと我慢してきたのよ。里香が欲しかったのに、私と経験しちゃったから、私を好きにならなくちゃいけないって、ずっと思い続けてきた。違う？」

「違うよ、文佳さん。そんなわけないだろう？　俺、好きなんだ。文佳さんのことが」

「だったらなおさらよ、大ちゃん。一度でいいから里香を抱いて、もう私だけでいいってことを確認してきてちょうだい」

「確認って、そんな」

文佳は水割りの残りを飲み干した。大輔の手を握り、やさしい口調になって言う。

「私だってあなたが好き。好きよ、大ちゃん。結婚してもいいって思ってる。でもね、私と生活し始めたあとで、ああ、やっぱり里香のことが忘れられない、なんて思ってほしくないのよ。だから、それを確かめてきてほしいの。私ももちろん協力するし」

「里香に話すのよ。一度でいいから、大ちゃんと寝てくれって」

「文佳さんが、ね、姉さんに？」

「里香もきっとわかってくれるわ。彼女だって私と同じくらい、大ちゃんのことを大切に思ってるはずだもの」

すっかり圧倒されてしまい、大輔は言葉もなかった。文佳がさらに言う。

「あなたたちが抱き合って、やっぱりお互いが好きだって思ったら、それはそれでかまわないわ。私があきらめれば済むことだから」

「変だよ、文佳さん。俺たち姉弟なのに」

「関係ないわよ、そんなこと。吹っ切れるか吹っ切れないか、大事なのはそれだけ。わかったわね、大ちゃん」

ふたたび気圧《けお》され、大輔はただうなずくしかなかった。

3

「びっくりしたわ、大ちゃん。文佳からあんな電話をもらったときは」

笑いながら話す姉の里香を、大輔はうっとりと眺めた。

土曜日の午後、場所はシティーホテルの喫茶室だった。文佳が里香に電話して、ここで会うことを決めてくれたのだ。

「ごめんね、姉さん。俺はやめようって言ったんだ。でも、俺が姉さんを吹っ切るためには絶対に必要なことだって、文佳さんが」

「大ちゃんは、したくないの？」

さらりと問いかけ、里香はすっと脚を組んだ。

きょうの里香は、まるで大学生のときと変わらない格好をしていた。白いTシャツに赤いミニスカートをはき、上にカーディガンを羽織っている。ストッキングははいていなかった。素足のふともも が、スカートの裾から悩ましく露出している。

「答えて、大ちゃん。あなた、したくないの？」

「し、したいに決まってるさ。でも、我慢できないわけじゃないんだ。これまでずっと耐えてきたんだから。それに、セックスまでしちゃったら、義兄《にい》さんに悪い気がしてね。俺もけっこうかわいがってもらってきたし」

里香はジンジャーエールのグラスを口に運んだ。喉を潤して、あらためて大輔を見る。

「私はね、文佳の考えに賛成なの」

「賛成って、それじゃ、お、俺と?」

「してもいいと思ってるわ、セックス」

じんと胸に響く言葉だった。性に目覚めた当初から、ずっとあこがれ続けてきた姉が、自分とセックスをしてもいいと言っているのだ。

だが、大輔にはためらいがあった。文佳と話してから五日間、ずっと考え続けてきた。文佳を愛しているのは事実だし、文佳と一緒にいられれば、セックスなどしなくても姉を吹っ切れる。それが自分で出した結論だったのだ。

「ほんとのこと言うとね、吹っ切らなくちゃいけないのは、私のほうなのよ」

「姉さんが?」

「これまで話したことなかったけど、私だって好きだったのよ、大ちゃんが。弟っていうより、一人の男としてね」

大輔は胸が熱くなった。同時に、股間もいっぺんに熱を帯びる。

「私にとっても、これはいい機会だと思ってるの。大ちゃんを吹っ切るためにね。でも、セックスをするだけがすべてじゃないわ。お互いに納得して、普通の姉と弟に戻れれば、それでいいんですもの」

「う、うん、そりゃあ」

「一つ聞かせて、大ちゃん。おばあちゃんの家に行ったとき、初めて私を意識したっていうのは、ほんとうなの？」

その話は、ついでのような形で文佳にはしてあった。姉は文佳から聞いたのだろう。

「ほんとだよ。コタツの中で、姉さんが足先をふとももの間に挟んでくれたんだ。すっごく気持ちよかった。それが俺の性の原点になってるんだ」

「そうか。ってことは、大ちゃんの男の部分は、私のふとももから始まってるのね」

大輔はうなずいた。そのとおりだった。姉の体なら、もちろんどの部分も大好きだが、ふとももへの思い入れは尋常ではない。オナニーのときに思い浮かべた回数では、姉の体のほかの箇所を圧倒しているだろう。

「もしセックスをしなかったら、文佳にはどう報告するつもり？」

「うーん、してきたって言えばいいんじゃないのかな。それで彼女は安心するだろうし」

「駄目よ。たぶん見破られるわ。文佳、鋭いから」

実は大輔もそう思っていた。文佳にごまかしは通用しそうもない。

「文佳が納得してくれて、なおかつ私と大ちゃんが満足する形で、お互いの存在を吹っ切れたら、それが一番だと思わない？」

「なんだか難しい話になってきたね」

「べつに難しくなんかないわ。ふとももよ、大ちゃん」

「ふともも？」

「大ちゃんは私のふとももにさわって、ふとももを使って気持ちよくなるの。セックスと同じような形でね」

大輔は困惑した。姉の言っている意味が、まったくわからないのだ。

姉はくすっと笑い、脚を組み替えた。ふとももがさらに剝き出しになり、内ももの奥には白いパンティーまでもがのぞいた。

「大ちゃんは私を抱きたいけど、セックスをしたら拓也に悪いと思ってる。そうよね？」

「う、うん」

「だから、セックスはせずに、それに近いことをするのよ。これなら抵抗が少ないと思うわ、大ちゃんも」

「よくわからないよ、姉さん。何をしようって言うの？」

「ももずりよ」

初めて聞く言葉に、大輔はきょとんとした。まだわけがわからない。

「こんな言い方、ほかではしないのかもしれない。でも、私と拓也の間では日常語よ。最近はないけど、結婚したてのころ、生理のときでも拓也が欲しがることがあってね、二人で考えたのよ。ふとももを使って、拓也を気持ちよくさせる方法を」

「俺、姉さんのふともも、大好きだよ。でも、よくわからない。どうやるの？」

「その気になってきた？」

「う、うん」

「じゃあお部屋へ行きましょう。口では説明しにくいから」

「部屋って？」

「ちゃんと取っておいたわ。文佳に言われたから」

姉は脚をほどいて立ちあがった。レジで支払いを済ませ、エレベーターホールに向かって歩きだす。

大輔は、黙ってついていくしかなかった。十七階まであがり、姉はカードキーで一つの部屋のドアを開けた。ダブルルームだった。広いダブルベッドが大輔の視界に入ってくる。

「実はね、先にチェックインして、一度、ここに入ったの。もし何かすることになったら、ベッドカバーとか、邪魔でしょう？」

姉はいたずらっぽく笑い、大輔の正面に立った。

「さあ、二人っきりよ、大ちゃん。キスして」

「姉さん、俺」

「いいから、早く」

行動に移れないでいる大輔に、姉が抱きついてきた。二人の唇が重なる。

ああ、すごい。俺はいま姉さんとキスしてるんだ。

これだけでも、大輔には大感激の出来事だった。目がまわりそうな気分だ。

舌をからめたりはせず、ずいぶん長い間、二人は唇を合わせていた。里香のほうから唇を離し、やや紅潮した顔でささやいてくる。

「いいわよ、大ちゃん。さわって、私のふとももに」

小さくうなずき、大輔は崩れるように床にひざまずいた。ソックスに覆われた姉の足首に両手をあてがい、そこから上に向かって手のひらをすべりあげた。

ソックスの生地が途切れ、ふくらはぎに触れただけで、胸の鼓動が速さを増した。膝の裏側をすぎ、手はとうとうふとももに到達する。

「ああ、姉さん。すごい。こ、これだよ。俺、ずっとさわりたかったんだ」

「いいのよ、大ちゃん。いまだけはあなたのもの。好きなだけさわってちょうだい」

いっぱいに広げた手のひらで、大輔は姉のふとももをさわりまくった。肌のなめらかさも、豊かな弾力も、大輔を夢見心地にさせた。

「そろそろ、いい？」

姉の声が聞こえてきて、大輔はハッとなった。夢中になってさわっているうちに、時間がすぎるのを忘れていたらしい。

「ごめん、姉さん。俺、つい」

「いいのよ。うれしかったわ、こんなにさわってくれて。でも、交代よ、大ちゃん」

大輔を立たせておいて、今度は里香がしゃがみ込んだ。躊躇なくベルトをゆるめ、ズボンとトランクスを引きおろした。いきり立ったペニスが、下腹部にぴたっと貼りついた形で姿を現す。

右手で肉棒を握ると、一瞬の迷いもなく、姉はそれを口に含んだ。首を振り始める。

「うわっ、ああ、姉さん」

長い間、夢に見ていた光景が、いま眼下で展開していた。姉の肉厚の朱唇が、大輔のペニスをすっぽりと包み込んでいるのだ。

もう充分だな。姉さんのふとももにたっぷりさわらせてもらって、フェラチオまでしてもらったんだ。これで吹っ切れる。

大輔は本気でそう思ったのだが、間もなく肉棒を解放した姉は、ここでやめるつもりはなさそうだった。

「あなたは全部、服を脱いで」

姉はそう言うと、カーディガンを床に落とした。靴とソックスを脱いでから、Tシャツとスカートも取り去った。

姉の体に残されているのは、白いキャミソールとパンティーだけだった。ブラジャーはしていないので、乳房が透けて見えている。

「ああ、姉さん」

「何してるの？　さあ、早く脱いで」

大輔を急かしておいて、姉はバッグから何かを取り出した。それを持ってベッドにあがる。

すっかり裸になった大輔は、陶然となって姉の下着姿を眺めた。美しかった。信じられないほど美しかった。だが、これで見納めだという思いは揺るがなかった。ここを出たら、里香と自分は普通の姉弟に戻るのだ。

「こっちよ、大ちゃん。ここへ来て」

大輔は膝からベッドにあがった。姉が先ほどバッグから出したものを手渡してくる。

「こういうこともあるかと思って、用意してきたの」

「これは？」

「乳液よ。これを塗るのよ、私のふとももに」

「姉さんのふとももに？」

あお向けに横たわった姉は、両脚を宙にはねあげた。白いふとももとお尻を、大輔のほうに突き出してくる。

「それを塗ってぬるぬるになったところに、大ちゃんのオチンチンを挟むのよ。それで大ちゃんがセックスと同じように動くの。ももでオチンチンをすりすりするから、ももずりよ」

「あっ、な、なるほど」

小瓶の蓋を開け、大輔は乳液を手のひらに垂らした。それを姉のふとももに塗りたくる。あらためて触れたふとももの感触に、大輔はうっとりした。乳液のせいで、余計に妖しい手ざわりになっている。

たっぷり塗りつけたところで、大輔は瓶を枕元に置いた。手のひらをティッシュで拭う。姉の指示に従って、大輔が膝立ちになると、姉は両脚を揃えて大輔の右肩に乗せた。足首がちょうど肩にかかっている。

そのうえで、姉は外側から右手を伸ばしてきて、屹立したペニスを握った。

「硬いわ、大ちゃん。すっごく硬い」

言いながら、姉は肉棒を手前に引いた。

亀頭の先端に乳液のぬめりを感じ、大輔はびくんと体を震わせた。

「さあ、ここよ。そのまま入ってらっしゃい。私のふとももの間に」

のだ。

大輔はうなずき、ぐいっと腰を突き出した。

抵抗はまったくなく、肉棒は姉のふとももの間にもぐり込んだ。だが、その快感は並大抵のものではなかった。ふとももの柔肉が、ペニスをやんわりと包み込んでくれている感じなのだ。

「き、気持ちいいよ、姉さん。これ、す、すごくいい」

「ああ、よかった、喜んでもらえて。感じて、大ちゃん。もっと感じて」

姉はペニスから放した右手を、お腹のほうからパンティーの中に差し入れた。指先で肉芽を刺激するつもりらしい。

姉の両脚を抱きかかえる格好で、大輔は腰を使い始めた。ふとももに向かって、ペニスがピストン運動することになる。

「ああ、やっぱりすごい。こ、こんなに気持ちがいいなんて。俺、すぐ出ちゃいそうだ」

「待って、大ちゃん。一緒よ。私と一緒に」

眉間に皺を寄せた悩ましい表情で、姉はじっと大輔を見つめてきた。

「好きだよ、姉さん。俺、姉さんが好きだ」

「私もよ。大ちゃんが好き。大好き」

「ああ、姉さん」

先に快感の極みを迎えたのは里香だった。悲鳴に近い声をあげ、がくがくと体を痙攣させている。

十五秒ほど遅れて、大輔は射精した。肉棒から飛び出した精液の第一弾は、姉の首のあたりまで飛んだ。残りの白濁液は、キャミソールやパンティーを濡らしていく。

姉の両脚が、ベッドに落下した。ふとももの間から、ペニスがするっと抜け落ちる。

大輔は姉に覆いかぶさった。首筋にキスの雨を降らせる。

荒かった姉の息が、徐々に正常に戻ってきた。閉じていた目を開け、大輔ににっこりほほえみかけてくる。

「すてきだったわ、大ちゃん」

「それはこっちのせりふだよ。俺は姉さんに何もしてないし」

「ううん、してくれたわ。私、すごく幸せだった。大ちゃん、あんなにうれしそうな顔で、私とももずりをしてくれたんだもの」

どちらからともなく、二人は唇を合わせた。やはり舌をからめ合ったりはしなかった。暗黙のルールという感じだ。

唇を離すと、姉はまたほほえみを見せた。

「よかったわ、大ちゃんとこういう機会が持てて」

「俺だって」

「どう？　私のこと、吹っ切れた？」

「うーん、どうかな。前よりもっと、姉さんが好きになっちゃった気もするけど」

「ああん、駄目よ、そんなの。文佳に叱られちゃうわ」

「大丈夫だよ、姉さん。俺、文佳さんのことも大好きなんだ。これからもっともっと好きになれそうな気がするし」

「そうね。あなたたち、来年は結婚かしら」

なぜか少しだけ寂しそうな顔をした姉の唇に、大輔はもう一度、自分の唇を押しつけた。

エピローグ

裸になった大輔が床にひざまずいてから、十分以上が経過していた。

目の前に立っているのは文佳だ。

ここは文佳が暮らしている1LDKのマンション。文佳は下着姿だった。淡いピンクのキャミソールと、同色のパンティーだけを身につけている。

大輔の両手は、文佳のふとももにあてがわれていた。むっちりした白いふとももを、手のひらをいっぱいに広げて撫でまわしている。すばらしい感触だった。大輔は、その手ざわりに陶酔していると言ってもいい。

もう大丈夫だ。文佳さんは姉さんの代わりなんかじゃない。俺は文佳さんを愛してる。俺には文佳さんしかいないんだ。

自分で確認するようにうなずいてから、ふとももに心を残しながら、大輔は手を放した。すっくと立ちあがり、文佳と向かい合う。

「どう、大ちゃん。私でいい？」

文佳の問いかけに、大輔は首を横に振った。

「言い方が悪いよ、文佳さん。文佳さんでいい、とかいうんじゃない。俺、文佳さんじゃなきゃ駄目なんだ」

「ああ、大ちゃん」

抱きついてきた文佳と、大輔は唇を重ねた。

知り合ってから十年以上になり、一度だけセックスもしている二人だが、キスはこれがまだ二度目だった。肉厚の唇の柔らかさを、大輔は堪能する。

大輔の歯を割って、文佳の舌が口腔内に入り込んできた。ぴちゃぴちゃと淫猥な音をたてて、二人は舌をからめ合う。

長いディープキスを終えて唇を離すと、文佳の頬はすっかり紅潮していた。

「好きよ、大ちゃん。私、あなたが好き」

「俺だって。好きだよ、文佳さん」

文佳は目を細めてほほえみ、今度は彼女がしゃがみ込んだ。床に片膝をついた状態で、右手を伸ばしてきた。下腹部に貼りついた状態のペニスを、五本の指でそっと握る。

「ううっ、ああ、文佳さん」

「もうだれにも渡さないわ。これ、きょうから私だけのもの。いい？」

大輔が首肯するのと同時に、文佳は肉棒をすっぽりと口に含んだ。ゆっくりと、ほんとうにゆっくりと、首を前後に振り始める。

快感の大波が、大輔の背筋を脳天に向かって這いのぼった。

すてきな人だな、文佳さんは。俺にあんなことまでさせてくれて。

一週間前、ホテルで姉と会ったことを大輔は思い出した。吹っ切るために姉を抱いてこい、と文佳が送り出してくれたのだ。

ももずりという方法で姉の体に欲望のエキスを放ち、大輔は充分すぎるほどの満足感を味わった。そして、いまははっきりと過去に訣別《けつべつ》できたという実感がある。

間もなく首の動きを止め、文佳は肉棒を解放して立ちあがった。

「もっと長くしてあげたかったけど、私、我慢できなくなっちゃった」

「俺もだよ。もう我慢できない」

「連れていって、ベッドへ。お願い」

大輔は両腕で、文佳の体を抱きあげた。いわゆるお姫様抱っこだ。左の手のひらに、ちょうど文佳のふとももが当たってきた。陶然となりながら、ベッドへと歩く。

ベッドはセミダブルだった。独《ひと》り寝には広すぎるな、と大輔は思った。

「俺、ここへ引っ越してきてもいいかな」

文佳の体をベッドにおろし、大輔はその耳もとにささやきかけた。

「もちろんよ。いつでも来て。なんなら、きょうからでもいいわよ」

「善は急げってこと？　じゃあ、そうさせてもらうよ」

もう一度、唇を合わせながら、大輔は右手を文佳のウエストに伸ばした。少し乱暴に、パンティーを脱がせてしまう。

唇を離すと、文佳は脚を大きく広げ、大輔はその間で膝立ちになった。文佳の右手が伸びてきて、しっかりとペニスを握った。先端を淫裂へと誘導する。

「一緒だよ、文佳さん。これから、俺たちはずっと一緒だ」

「ああ、大ちゃん」

最高の幸福感の中で、大輔はいきり立った肉棒を、文佳の体にずぶりと突き立てた。

この作品は書き下ろしです。原稿枚数443枚（400字詰め）。

GENTOSHA OUTLAW BUNKO

秘《ひ》蜜《みつ》の面《めん》談《だん》室《しつ》

牧《まき》村《むら》僚《りょう》

平成22年12月10日　初版発行

発行人――石原正康
編集人――永島賞二
発行所――株式会社幻冬舎
〒151-0051東京都渋谷区千駄ヶ谷4-9-7
電話　03(5411)6222(営業)
03(5411)6211(編集)
振替00120-8-767643
印刷・製本―中央精版印刷株式会社
装丁者――高橋雅之

幻冬舎アウトロー文庫

ISBN978-4-344-41593-5　C0193　O-107-2